KB078422

풍운사일

박선우 新무협 판타지 소설

FANTASTIC ORIENTAL HEROES

풍운사일 3

박선우 新무협 판타지 소설

초판 1쇄 찍은 날 § 2014년 8월 25일
초판 1쇄 펴낸 날 § 2014년 9월 1일

지은이 § 박선우
펴낸이 § 서경석

편집부장 § 권태완
편집책임 § 정수경

펴낸곳 § 도서출판 청어람
등록번호 § 제387-1999-000006호
등록일자 § 1999. 5. 31
어람번호 § 제2-2525호

주소 § 경기도 부천시 원미구 부일로 483번길 40 서경B/D 3F (우) 420-822
전화 § 032-656-4452 팩스 § 032-656-4453
http://www.chungeoram.com
E-mail § chungeorambook@daum.net

ⓒ 박선우, 2014

ISBN 978-89-251-9174-8 04810
ISBN 978-89-251-9137-3 (세트)

※ 파본은 구입하신 서점에서 교환하여 드립니다.
※ 저자와 협의하여 인지를 붙이지 않습니다.
※ 이 책은 도서출판 청어람과 저작자의 계약에 의해 출판된 것이므로,
   무단 전재 및 유포 · 공유를 금합니다.

풍운사일

박선우 新무협 판타지 소설

FANTASTIC ORIENTAL HEROES

3

풍운사일

CONTENTS

1장

동강벌전투

　운호가 너무나 반가운 마음에 급히 다가가자 그 소란 속에서도 기척을 느낀 운상의 고개가 슬그머니 들렸다.

　운호를 확인한 그는 모든 행동을 정지한 채 꼼짝하지 않다가 갑자기 벌떡 일어서며 소리를 질렀다.

　"야, 이 새끼야! 도대체 어딜 쏘다닌 거야!"

　정말로 화가 나지 않으면 이러지 못한다.

　운상은 반가움 대신 화부터 냈는데, 어느샌가 그의 눈은 붉게 충혈되어 있다.

　"많이 찾았어?"

　"이 미친놈아, 내가 얼마나… 응, 내가 너 때문에 얼마나 속

을 태웠는데. 내가 뭐라고 그랬어! 풍현에서 꼼짝하지 말라고 했잖아!'

"난 네가 사형들과 합류했다고 생각했다. 그래서 이곳으로 온 거야."

운상이 왜 화를 내는지 너무나 잘 안다.

그의 걱정이, 오랫동안 자신을 찾아 헤맸을 친구의 불안과 초조함이 느껴져 가슴이 아려왔다.

너무나 반가워 운상을 덥석 안았다.

말로는 표현하지 않았지만 풍현과 의빈에서의 시간은 외로움 그 자체였다.

싸움의 연속.

이제 운상을 만났으니 외로움은 끝이다.

차돌 같은 운상의 몸을 안자 상처가 고통을 호소해 와 움찔하게 만들었다.

"왜, 어디 다쳤어?"

잠시 움찔했을 뿐인데 운상이 귀신같이 운호의 몸을 살핀다.

그리고는 겉옷을 들춰 본 후 인상을 긁었다.

"도대체 얼마나 다친 거냐? 왜 이랬어?"

"황룡단과 싸웠다."

"언제? 어디서?"

"오늘 하루 종일 도망 다녔어. 밥도 못 먹어 배고파 죽을 지경이다.”

“미치겠네.”

“운상아, 밥부터 먹자. 그다음에 좀 씻어야겠다.”

운호가 서둘러 점소이에게 식사를 주문하고 털썩 자리에 주저앉자 운상이 황당한 표정을 지었다.

대충 봐도 온몸이 상처투성이다.

더군다나 다친 지도 얼마 되지 않았는데 별일 아니라는 듯 밥을 먹겠다며 저러고 있다.

도대체 언제부터 운호가 저리 천하태평이 되었단 말인가.

의빈은 칠절문의 안마당.

정말 황룡단과 시비가 붙었다면 극도로 위험한 상황에 처했다는 뜻인데 운호의 태도에서는 전혀 불안감이 보이지 않았다.

그랬기에 운상은 자신을 말똥말똥 쳐다보는 운호를 향해 인상을 긁었다.

“몇 놈이었냐?”

“백 명이 훨씬 넘었다. 한 백삼십 명?”

“장난하지 말고!”

“정말이야.”

“그럼 네가 황룡단 전체하고 싸웠다는 거야?”

“맞아. 단주라는 엽문도 있었다.”

“환장하겠네.”

이 자식이 돌았나?

뭘 잘못 먹은 것 같지는 않은데 미치고 펄쩍 뛸 소리만 하고 있다.

운호는 내공이 없기에 황룡단 셋이면 죽을 고비를 수없이 넘겨야 하는 처지다.

그런 놈이 너무도 진지하게 거짓말을 해대니 운상은 입맛만 다셨다.

마침 점소이가 소면과 만두를 가져오자 운호는 정신없이 음식을 먹어대기 시작했다.

창피해서 그런 건가?

입안에 잔뜩 음식을 집어넣은 채 운호가 해맑은 웃음을 보내오자 운상의 인상이 더욱 일그러졌다.

지랄하고, 웃긴 왜 웃어?

대충 알 것도 같았다.

아마 황룡단이 의빈에 들어온 모양이다.

그중에 몇 놈하고 시비가 붙어 미친 듯 도망쳤겠지.

다행히 놈들을 떼어놓았고, 몸을 피하기 위해 사람이 많은 번화가로 들어온 게 틀림없었다.

원래 등잔 밑이 어두운 법이니.

휴.

저절로 한숨이 흘러나왔다.

그나마 이렇게라도 살아줘서 정말 고맙다.

열심히 먹던 운호가 입을 연 것은 운상의 눈빛이 부드럽게 변했을 때다.

"그런데 왜 너 혼자냐? 사형들은 어쩌고?"

"사형들은 여기 없다."

"없다고? 왜?"

"사형들은 지금 용화에 있다. 너를 찾다가 당문하고 시비가 붙어서 지금 난리가 아니야."

"당문하고 시비가 붙어?"

"자세한 건 나도 모르겠어. 그런 데 신경 쓸 겨를이 없었다. 너 찾느라고."

"시비가 붙었다는 게 싸웠다는 뜻이냐?"

"그래. 꽤 많이 죽인 모양이더라. 사형들도 다치고."

"다쳐? 얼마나?"

"나도 모른다고 했잖아, 인마. 널 찾았으니 이제 알아봐야지."

구룡단은 망산에서 후퇴한 후 자공에 들어와 남하를 준비하고 있었다.

결전의 순간이 점점 다가오고 있으니 주력전투부대와 합류하기 위해서였다.

칠절문의 암천 구룡단.

단주는 귀곡도(鬼哭刀) 양무기(楊無奇)로 전왕 혁기명의 수

제자다.

나머지 단원들도 전왕의 적에 올리지 않았을 뿐, 어릴 때부터 직접 사사를 받았다.

제자나 다름없는 자들이기에 모두 사형제처럼 지냈다.

아홉 모두 절정을 넘어선 지 오래된 도객으로서 주력전투부대 두세 개를 합한 것과 비견될 정도로 강하다고 알려졌다.

여유롭던 분위기가 갑자기 변한 것은 양무기로 인해서였다.

양무기는 갑자기 날아온 명령서를 읽은 후 전서를 구겨서 던져 버렸는데, 전서를 읽는 순간부터 그의 표정은 잔뜩 일그러져 있었다.

그것을 본 부단주 수진방(帥辰方)이 조심스럽게 물어왔다.

"단주님, 무슨 일이십니까?"

"총사가 우리보고 의빈으로 가라는구나."

"감락이 아니고요?"

"정말 웃겨. 총사가 점점 날 홍어 좆으로 보는 모양이다!"

"그럴 리가 있겠습니까?"

"그렇지 않으면 피라미나 잡으라고 심부름을 시키겠어?"

"생각보다 큰 피라미일 수 있습니다. 총사가 언제 대충 일하는 거 보셨습니까."

"넌 나중에 출세하겠다."

"왜요?"

"머리가 좋아서. 그렇지 않아도 전서에 그 피라미가 황룡단 반을 잡았다고 쓰여 있었다."

"정말입니까? 그렇다면 피라미가 아니라 월척이군요."

"조금 큰 피라미일 뿐이야. 툭하면 이리 가라, 저리 가라 잔심부름 시키면서 부려먹는 걸 보니 총사가 우리를 청소부 쯤으로 아는 모양이다."

"본격적으로 움직이기 전에 몸 좀 풀라는 것 아니겠습니까. 망산에서는 토끼몰이만 하다 끝나서 여간 찝찝하지 않았는데 오히려 잘된 일입니다."

"쯧쯧, 좋기도 하겠다. 이동할 준비나 해. 당장 움직여 달라니 시간은 맞춰줘야지."

운호를 급속 추격하던 황룡단은 비객들의 주검을 발견하고 신법을 멈췄다.

검안은 부단주인 석송이 맡았는데, 그는 주검을 이리저리 돌려가며 세세하게 살핀 후 엽문을 향해 다가갔다.

시체는 단 일격에 목숨이 끊어졌다.

"단주님, 아무래도 놈에게 당한 것 같습니다."

"추적당하는 걸 눈치챘다는 말이군."

"강호 초출인 줄 알았더니 그것도 아닌 모양입니다."

"그놈은 온통 수수께끼로 가득 찬 놈이다."

"비각이 추적하고 있다는 걸 알았다면 의빈으로 가지 않았을 수도 있습니다. 의빈으로 갈 이유도 없고요."

"그럴 수도 있겠다."

"병력을 나눠야 할 것 같습니다."

"눈이 가려지니 답답하구먼. 이 새끼들, 좀 조심하지 않고."

쓰러진 비객들을 향해 엽문이 침을 뱉으며 신경질을 냈다.

어떡하든 최단 시간 내에 찾아내어 도륙해야만 지금까지의 실수를 만회할 수 있는데 행적을 놓쳐 버리게 되자 눈앞이 암담해졌다.

행적을 놓쳤다는 것은 훨씬 많은 노력이 수반되어야 한다는 걸 의미한다.

더군다나 본단에서는 선룡단, 심지어 구룡단까지 의빈으로 파견했다고 알려왔다.

그런 마당에 죽이는 것은 고사하고 행적까지 놓쳤다고 한다면 망신도 그런 망신이 없을 터였다.

어쨌든 지금 상황에서 최선의 선택은 놈을 일각이라도 빨리 찾아내는 것뿐이다.

"석송, 비각에 최대한 빨리 놈을 찾아달라고 요청해. 그리고 우리도 나눠서 놈을 찾는다. 풍마대는 의빈을 뒤지고 나머지는 각기 방향을 나눠 추격하도록."

"단주님, 선룡대가 오고 있습니다. 그들에게도 도움을 청하시죠."

"금마수 그 새끼가 지랄할 텐데 그 꼴을 어떻게 봐. 그냥 우리끼리 하는 걸로 해."

"알겠습니다."

식사를 마치고 객방으로 들어선 운호는 조심스럽게 옷을 갈아입고 공용욕실로 향했다.

개천에서 얼굴과 보이는 곳은 대충 씻었지만 온몸이 피로 덮여 있어 끈끈하고 비린내가 진동했다.

뜨거운 물에 들어가 몸을 담그자 노곤함이 몰려왔다.

정말 정신없이 보낸 하루였다.

할인고가 명약이란 건 상처를 보면 금방 알 수 있었다.

제법 컸던 두 군데 빼고는 벌써 살이 엉겨 붙는 중이다.

꼼꼼히 피를 닦아내고 방으로 돌아오자 운상이 침상에서 일어났다.

운호의 전신에 상처가 너무 많기 때문인지, 그는 놀란 눈을 한 채 입을 열지 못했다.

자신의 짐에서 활인고를 꺼낸 운호가 자리에 털썩 주저앉으며 운상을 향해 손을 내밀었다.

"운상아, 약 좀 발라줘."

"도대체 이게… 잘 좀 도망치지!"

"다른 데는 괜찮은데 어깨와 허벅지가 좀 크다. 거길 중점적으로 발라."

"이건 뭔데?"

"활인고라고, 당문에서 비전으로 만든 거래."

"그 유명한 활인고란 말이야? 이걸 어떻게 구했어?"

"말하려면 길다."

"길어도 해봐. 어차피 오늘은 여기서 자야 될 것 같으니까."

운호가 뒤로 빼려는 시늉을 하자 운상이 주먹을 치켜들었다.

까불면 한 대 맞는다는 시늉이다.

싱긋 웃은 운호의 입에서 할 수 없이 당운영의 이야기가 흘러나왔다.

처음 객잔에서 만났을 때부터 상처를 치료해 준 이야기까지.

말하면서 자신도 모르게 감정이 아련해져 목소리가 갈라져 나오자 상처에 약을 바르던 운상의 손이 매워졌다.

운호의 얼굴이 우그러들며 오만상을 했다.

"아프다, 인마."

"아파도 싸. 누가 산에서 내려오자마자 연애질을 하라고 했어."

"연애질은 무슨, 그냥 어쩌다 그렇게 된 것뿐이야."

"잘하는 짓이다. 그건 그렇고, 그래서 어떻게 됐는데?"

"뭐가?"

"다시 만나자거나 그런 말 안 했어?"

"사형들 찾아야 된다는 생각에 마음이 급해서 아무런 말도 못했다."

"네가 여자 가슴에 못을 박고 다니는구나."

"그럼 어째야 됐는데?"

"당연히 언제 어디서 만날 건지 약속을 했어야지!"

"그만해라. 도사가 여자 사귄다는 게 말이 돼?"

"미친놈. 점창은 그런 거 구애 안 받는다. 결혼해서 하산한 선조가 얼마나 많은데 그런 구태의연한 사고방식을 아직도 가지고 있어? 우리가 뭐 스님인 줄 알아!"

"정말이야?"

"어라? 이놈, 눈 크게 뜨는 것 좀 봐? 그 아가씨가 정말 마음에 들긴 했나 보네."

운호의 반응에 운상이 눈을 오므렸다.

지금까지 장난으로 받아들였는데 운호가 새삼 눈을 크게 뜨자 진실을 파악하겠다는 듯이 맹렬하게 째려봤다.

그런 운상의 얼굴을 운호가 손을 들어 밀어냈다.

"약 다 발랐으면 붕대 좀 싸매. 너무 피곤해서 눈 좀 붙어야겠다."

"운호야."

"왜?"

"우리 친구 맞지?"

"왜 그래, 갑자기? 징그럽게."

"너 잘되면 나도 좀 해줘라. 내가 요새 너무 외로워서 힘들어."

"지랄한다. 붕대나 잘 싸매!"

티격태격.

오랜만에 만난 반가움 때문인지 운호와 운상은 얼굴에 웃음을 매단 채 연신 장난을 쳤다.

그러던 한순간 두 사람이 동시에 움직임을 멈추고 방문을 쳐다봤다.

고수의 오감은 이토록 예민하다.

먼저 입을 연 것은 운상이었다.

"볼일이 있으면 들어오시오."

살기가 흘렀다면 먼저 검부터 집었을 테지만 밖에서는 그런 것이 느껴지지 않았다.

그 말은 다가온 자가 적의를 가지고 있지 않다는 뜻이 된다.

문이 열리고 들어온 사람은 전혀 예상 밖의 인물이었다.

다름 아닌 개방의 의빈분타주 황만이었던 것이다.

"잘 있었는가?"

"무슨 일이오?"

"전해줄 말이 있어서 왔네."

"풍운대에 관한 거라면 이미 알고 있으니 그냥 가셔도 되오."

"아따, 그 사람. 까칠하기는."

"당연한 거 아니오?"

"그때는 정말 몰랐다니까. 알면 왜 가르쳐 주지 않았겠나."

"알겠소. 알았으니 이만 가보시오. 냄새 때문에 정신이 하나도 없소."

"내가 그냥 가면 자네는 죽어."

황만이 여유 있게 운상을 훑어본 후 다시 운호에게 시선을 고정시켰다.

그의 태도에서는 처음 만났을 때의 권태로움은 찾아볼 수 없었다.

"내 목숨은 그리 가볍지 않소."

"자네는 철저하게 포위되었네. 여기 의빈에 자네를 잡기 위해 황룡단뿐만 아니라 선룡단까지 들어왔어. 그리고 아직 도착하지 않았지만 구룡단이 오고 있으니 빨리 몸을 피하지 않으면 살아남기 힘들 걸세. 구룡단은 정말 무서운 자들이거든."

"구룡단이 뭐요?"

"그자들은 칠절문의 암천일세. 점창의 풍운대와 같다고 보면 되네."

"내 위치를 칠절문이 알고 있소?"

"벌써 싸움이 끝난 지 세 시진이 지났네. 이미 그들은 자네

가 의빈을 벗어나지 않았다는 걸 아네. 아마 여기도 곧 찾아
내겠지."

"그렇구려."

"동쪽 망월루 뒤쪽에 강이 있으니 그 강을 넘게. 선룡단과
황룡단의 포위망이 가장 엷은 곳이라네. 그 강을 넘으면 무사
히 의빈을 벗어날 수 있을 걸세."

"고마운 말씀이오."

"그럼 나는 가보겠네. 부디 조심하시게."

"한 가지만 물읍시다. 그렇게 쌀쌀맞게 굴더니 왜 마음이
변하셨소?"

"세상일이 원래 그렇지. 싫다가도 좋아지고 좋다가도 나빠
지는 것 아닌가."

황만은 등 뒤에 말을 흘려놓고 지체 없이 사라졌다.

더 이상 볼일이 없다는 듯, 한 올의 미련도 남겨놓지 않고
바람처럼 사라져 버렸다.

황당함에 운호와 운상은 서로의 얼굴을 쳐다봤다.

그가 전해준 정보가 사실이라면 정말 위험하다.

점입가경(漸入佳境).

갈수록 태산이라더니 시간이 지나면 지날수록 위험이란
놈은 점점 커져 거세게 압박해 들어오고 있었다.

운상이 어이없다는 표정으로 입을 열었다.

"누구냐, 저 거지는?"

"개방."

"개방이 왜?"

"사형들 소식을 들으려고 갔다가 만났지. 그때는 아무것도 가르쳐 주지 않더니 이젠 찾아와서까지 정보를 주는군."

"나는 도대체 저자가 무슨 소리를 하는지 못 알아듣겠다. 황룡단은 그렇다 치고 선룡단, 구룡단 이놈들은 또 뭐냐? 왜 널 잡으려고 그놈들이 전부 몰려온다는 거지?"

"말했잖아. 내가 황룡단 놈들하고 싸웠다고. 그랬더니 지원군이 오는 모양이다."

"거 말도 안 되는 소리 좀 하지 마!"

"말 돼, 인마. 내가 황룡단 반을 작살냈거든. 그래도 그렇지 지원군까지 오다니. 점점 일이 커지네."

운호가 아무렇지 않게 머리를 긁적거리자 운상이 입을 벌린 채 말을 잇지 못했다.

창피해서 그냥 해본 소리라고 생각했는데 계속해서 거짓말을 멈추지 않는다.

이럴 때는 어떡해야 하지?

슬그머니 주먹을 쥐었다가 풀었다.

워낙 해맑은 표정을 짓고 있어 불시에 주먹을 날렸다가는 그대로 드러누운 채 일어서지 못할 것 같았다.

그래서 타이르듯이 부드럽게 입을 열었다.

"운호야, 그럼 저 거지가 하는 말이 사실이란 거냐?"

"아무래도 그런 것 같다."

"그래서 지금 가겠다는 거야. 그 몸으로?"

"그러니까 가야지. 몸이 다 회복되지도 않았는데 무더기로 덤비는 놈들하고 싸울 필요 없잖아."

운호가 일어나 주섬주섬 짐을 챙기자 운상도 엉거주춤 일어섰다.

정말 이 밤에 길을 떠날 태세다.

"야, 너 정말 왜 그래?"

"운상아, 일단 가자. 자세한 이야기는 나중에 해줄게."

"무슨 얘기?"

"황룡단하고 싸운 이야기. 꽤 재밌을 거다."

"미치겠네."

구룡단주 양무기는 달빛 아래 흐르는 강물을 바라보고 있었다.

강물은 달빛과 별빛이 반사되어 마치 보석처럼 아름답게 빛이 났다.

천계에 흐른다는 천상천의 모습이 이러할까.

강은 너무도 아름다워 눈을 떼지 못할 정도로 화려하게 빛나고 있었다.

시간이 지나자 양무기는 문득 생각난 듯 감상을 멈추고 옆에 있는 부단주 수진방을 바라봤다.

"정말 올까?"

"어차피 밤이라서 찾기 어렵습니다. 이슬 맞고 돌아다니는 것도 못할 짓이니 속는 셈치고 기다리는 게 좋을 것 같습니다."

"그렇겠지. 그런데 말이야, 만약 그놈이 정말로 온다면 나중에 알아봐야겠어. 그 새끼들이 왜 우리한테 놈에 대한 정보를 주었는지."

"뭔가 얻어먹을 게 있었겠죠."

"그놈들 특성이 얻어먹는 거니까 그건 당연한 건데, 문제는 대책 없이 큰 걸 달라고 할 수도 있어서 말이야."

"큰 거라면 어떤 걸?"

"운남."

"콩고물을 내놓으란 말입니까? 말도 안 되는 말씀입니다."

"왜 안 돼. 그놈들 근거지가 어딘지 몰라?"

"귀주가 운남과 붙어 있는 건 사실이지만 그깟 정보 제공 정도로 빈대를 붙는다는 건 있을 수 없는 일입니다. 놈들이 실성해서 욕심이 배 밖으로 나왔다면 모를까, 그런 짓을 할 수 있겠습니까."

"정보 제공으로 그치는 게 아니라면?"

"점창과의 싸움에 직접적인 도움을 준다는 말입니까?"

"그럴 수도 있지 않겠어?"

"천하에 뿔뿔이 흩어져 있는 자들을 다 모은다면 가능도 하겠습니다."

"상상이 너무 많이 나간 것 같지?"

"그럼요."

"하긴. 그런데 생각할수록 이상하게 찜찜하단 말이야. 이 새끼들 하는 짓을 보면 꼭 뭔가 있는 것 같단 말이지."

"너무 과민하게 반응하시는 것 같습니다."

"기다리기 지루해서 그런가. 자꾸 말도 안 되는 상상을 하게 되는구만."

"잠깐 눈 좀 붙이시지요. 놈들이 나타나면 깨우겠습니다. 아니, 그러실 필요 없을 것 같군요."

강을 바라보는 쪽에 앉아 있던 수진방이 엉덩이를 비틀며 슬그머니 어깨를 가라앉혔다.

강을 건너는 두 개의 인영.

달빛이 좋은 밤임에도 그저 시꺼멓게 보이는 사람들이 조심스럽게 강으로 들어서는 중이었다.

"이거 달밤에 체조하는 것도 아니고, 뭐 하는 짓이냐. 한밤에 강이나 건너고."

"그놈 참 말 많네. 가기로 했으면 그만 불퉁거려."

"넌 인마, 내가 얼마나 고생했는지 몰라서 그래. 널 찾느라고 정말 한숨도 못 쉬고 뛰어다녔어. 지금 피곤해서 펄쩍 뛸 지경이라니까."

"자고 싶어?"

"응. 이불만 있으면 물을 침대 삼아 그냥 드러눕고 싶다."

"조금만 참아. 여기서 한 시진만 가면 자공이 나온다. 일단 거기까지만 가면 쉴 수 있을 거다."

"좋아, 그건 그렇고. 말해봐. 내공도 없는 놈이 어떻게 싸웠다는 거냐?"

"나, 내공 있어. 그것도 꽤."

"이 자식이 또 거짓말일세."

"진짜야. 사실 내공은 오래전부터 있었어."

그동안 천룡무상심법을 익히던 과정을 하나씩 얘기해 나가자 운상의 입이 벌어졌다.

뇌호혈이 깨지면서 고통이 사라졌다는 말을 들은 후에는 한동안 대꾸를 하지 못했다.

유령단과 황룡단과의 전투에 대해 이야기했을 때는 긴장 때문인지 마른기침만 토해냈다.

믿기지 않은 사실.

정말 방금 들은 말이 사실이라면 운호는 풍운대의 그 누구보다 강하다는 뜻이 된다.

혼자서 사문두저진을 격파했다는 대목에서는 전율이 일어 침조차 삼키지 못했다.

말로만 들어도 엄청난 기문진이었기 때문이다.

그런 기문진을 혼자 힘으로 박살 내고 황룡단을 반수나 잡 았다고 하니 기가 막힐 일이다.

"내공이 회복된 기념으로 황룡단한테 네가 얼마나 강한지 시험해 본 거냐?"

"그래서 싸운 거 아니야."

"그럼?"

"내가 풍운대니까. 풍운대의 목적은 적진의 후방을 교란하 는 거잖아."

"장하다. 미친놈."

운호의 등짝을 힘차게 내려친 운상의 얼굴에 밝은 웃음이 피어났다.

같은 마음, 같은 의지.

점창이란 이름 아래 동문이 되었고 친구가 되었으니 운호 의 마음이 곧 자신의 마음이다.

그랬기에 운상은 운호의 어깨에 팔을 걸치고 웃으면서 강 을 건넜다.

친구와 함께하는 것은 언제나 즐거운 일이다.

거기에 덧붙여 운호가 강해졌다는 사실이 너무나 기뻐 운 상의 얼굴에서는 웃음이 떠나지 않았다.

강을 건너 갈대숲을 지났을 때 그들은 걸음을 멈출 수밖에 없었다.

강력한 기세를 가진 자들이 전면을 막은 채 기다리고 있었기 때문이다.

"뭐야, 저놈들은?"

"우릴 기다리고 있는 것 같군."

"우리가 이쪽으로 온다는 걸 알았단 말이지. 이거 냄새가 나는데? 운호야, 그 새끼 작품 같지 않아?"

"누구? 개방?"

"그 거지, 왠지 느낌이 좋지 않았어. 몸에서 나는 지독한 냄새만큼이나."

"지금 생각해 보니 그렇기도 하네."

"언제부터 개방이 사람 파는 장사를 한 거냐. 생각할수록 웃긴 새끼일세."

새삼 간단한 술수에 속은 게 억울했는지 운상이 주먹을 쓰다듬었다.

눈앞에 있으면 한 대 팰 기세다.

하지만 현실에는 거지 대신 바늘로 찌르는 것처럼 날카로운 기세를 뿜어내는 도객들이 서 있을 뿐이다.

"쉽지 않아 보이는데 어쩌지?"

"어쩌긴, 싸워야지."

"나는 그냥 튀었으면 좋겠다. 너도 많이 다쳤고."

"내 몸은 괜찮아. 그리고 막상 만나고 나니까 도망가기 싫어졌다. 눈앞에 적이 보이니 전의가 솟구쳐."

"너 언제부터 그렇게 호전적으로 변했냐?"

"변한 게 아니라 원래 전투적이야. 그동안 쭉 봐왔으면서 아직도 몰라? 쯧쯧. 싸우다가 정 안 되겠으면 그때 튀자. 저놈들, 정말 강해 보이긴 하네."

"그러니까 그냥 가자니까. 지금 튀는 거랑 몇 대 얻어맞고 튀는 거랑 뭐가 달라?"

"다르지. 싸우다 도망가는 건 전술적 후퇴라는 거고, 싸우지도 않고 도망가는 건 비겁한 거다."

"캬, 명언이네. 그런 말은 또 어디서 배웠대? 이제 보니 천잴세."

"운문에 있는 책을 모두 읽은 사람이 나다. 너보다는 훨씬 유식하지. 일단 내가 먼저 놈의 수장하고 한판 뜰 테니까 잠깐 기다려. 그런 다음에 중간을 기준으로 해서 이쪽은 내가, 저쪽은 네가 해."

운호가 웃으며 도객들의 중앙을 가리켜 좌우로 나누자 운상이 고개를 끄덕였다.

적들이 아무리 강해도 지지 않을 자신이 있다.

분광과 회풍이 몸에 장착된 이후 한 번도 진다는 생각을 하지 않았다.

하지만 그것도 잠시.

양무기가 선두에서 구룡단을 끌고 중앙으로 다가서자 운상의 얼굴이 슬며시 굳어졌다.

거리가 가까워질수록 적에게서 뿜어져 나오는 기세의 압박이 엄청났기 때문이다.

운호와 운상이 다가가자 구룡단이 반원 형태로 감싸듯 다가왔다.

그들 역시 운호와 운상의 기세가 만만치 않음을 느꼈는지 한 올의 빈틈도 내보이지 않았다.

"하나가 아니고 둘이네? 점창인가?"

"너희는?"

"우린 구룡단이다."

"어쩐지 대단하다 했어. 들어봤다. 구룡단. 어떤 거지가 말해주더군."

"세상에 거지가 많긴 하지. 하지만 우릴 아는 자는 많지 않은데 어떤 거진지 궁금하구나."

"이름을 물어볼 걸 그랬나? 하긴, 난 거지는 이름이 없는 줄 알았으니 물어볼 생각도 못했겠다."

"하하하, 재밌는 놈이구나."

"재밌다니 다행이다."

"누가 운호냐?"

"나다."

"그럴 것 같았다. 서신이 왔더라. 널 죽이라고."

"누가 보낸 건데?"

"우리 총사가."

"날 막으면 네가 죽는다는 건 안 쓰여 있었어?"

"재밌기도 하고 웃기기도 한 놈일세."

"조금 이따가는 다르게 불러야 될 거다. 무서운 분이라고."

"크크크, 뚜껑 열리게 하는 재주도 있는 놈이네."

"왜, 거짓말 같아?"

"나와 붙어보자는 말이냐?"

"겁나면 안 해도 돼."

운호가 턱을 치켜들고 도발하자 양무기의 얼굴에서 잔인한 미소가 피어올랐다.

하룻강아지는 저가 죽을지도 모르고 호랑이 앞에서 짖기도 한다.

양무기의 눈에는 운호가 꼭 그 하룻강아지로 보였다.

"네가 황룡단의 반을 쓸었다는 소릴 들었다. 그래서 그렇게 간이 배 밖으로 나온 모양이구나. 좋다, 내가 상대해 주마."

두 사람이 공터의 중앙으로 나서자 나머지가 뒤로 물러나 공간을 확보해 주었다.

구룡단도 그렇고 운상도 그렇고 만류할 기색조차 보이지 않는다.

운상이야 오면서 미리 말을 맞춘 것이 있으니 그렇다 쳐도 구룡단 역시 자신들의 숫자가 많다는 유리함을 전혀 의식하지 않는 표정이다.

그들이 자신의 단주인 양무기를 전적으로 믿고 있다는 뜻이고, 그가 그들의 믿음만큼이나 충분히 강하다는 것을 증명해 주기도 했다.

달빛에 잠긴 갈대밭이 문득 불어온 바람에 수초처럼 흔들렸다.

그 사이에 마주 선 두 사람이 천천히 자신의 병기를 꺼내들었다.

전왕 혁기명의 독문 무공은 뇌진도법(雷震刀法)이다.

도법의 특성상 중병으로 분류되는 귀두도(鬼頭刀)를 쓰는데, 그 위력이 절정에 도달하면 집채만 한 바위를 가루로 만들 수 있다고 한다.

양무기는 전왕의 수제자로 이십 년 동안 뇌진도법(雷震刀法)을 익혔고 그 성취가 구성에 달했다.

비록 뇌진도법을 극성으로 익히지는 못했으나 그 정도만 가지고도 양무기는 칠대주력부대의 단주들을 제압할 만큼 강한 무력을 지니고 있었다.

칠절문의 차기 후계자로 거론되는 절정의 무인인 것이다.

전왕은 능력과 무력이 뛰어난 자에게 칠절문을 물려주겠다고 공언했으니 사천무림은 당연히 양무기가 칠절문의 차기 주인이 될 것이라 생각했다.

　문 내 칠대주력부대의 단주들과 호법들마저 그런 사실을 인정하는 분위기였다.

　그만큼 그의 무력은 강했고 사람을 끌어들이는 성품 또한 남달랐다.

　바람이 귀를 간질이고 돌고 돌아 옷깃 사이로 흐른 후 갈대밭을 흔들며 지나갔다.

　흔들리는 갈대밭은 물결에 흔들리는 수초 같았다.

　달빛은 갈대밭을 반사시켜 자욱한 안개가 흐르는 것처럼 보이게 만들었다.

　황홀한 광경.

　서로에게 적의를 품고 대치하는 무인들만 아니라면 한 폭의 아름다운 풍경화로 보일 지경이다.

　그 속에 운호와 양무기가 마주 섰다.

　두 사람은 삼 장을 격한 뒤 병기를 내려뜨린 채 서로의 시선을 바라보며 한동안 아무런 말이 없었다.

　고수들 간의 교감.

　말을 하지 않았을 뿐 그들은 서로의 기세를 통해 수많은 대화를 나누었다.

　먼저 움직인 것은 양무기였다.

　양무기가 칼을 천천히 가슴으로 끌어당기자 그에 맞추어

운호가 흑룡검을 진격세로 만들며 왼발을 일 보 앞으로 밀어 냈다.

개전(開戰).

칠절문이 자랑하는 구룡단과 두 명의 풍운대가 혈투를 벌인 동강벌전투는 그렇게 운호의 섬전에서부터 시작되었다.

양무기의 칼에는 번개가 담겨 있었다.

칼이 떨어질 때마다 강력한 전기가 검을 타고 손바닥으로 파고들어 움찔움찔 운호의 움직임을 제어했다.

인간이 전기를 만들어낼 수는 없는 법.

이는 뇌진도법이 가지고 있는 특별한 기능에 진기가 주입되면서 발생되는 현상임이 틀림없었다.

그럼에도 운호는 물러서지 않고 양무기의 칼을 굳건하게 받아냈다.

적정의 원리.

황룡단주와의 대결에서 시험했던 적정의 원리가 양무기와의 대결에서도 이어지고 있었다.

아무리 강한 내력이 실린 칼이라도 이화접목의 수법이 발휘되면 비틀어 뿌리칠 수 있다.

섬전으로 시작된 운호의 검은, 이화접목을 주로 사용하는 창천으로 넘어가 끊임없이 연환되며 양무기의 검과 부딪쳤다.

적의 칼에 내력이 증가되는 순간 그에 맞춰 운호의 검 내력

역시 자연스럽게 증가되었다.

의도한 것이 아니라 본능적인 움직임이다.

이는 운호의 검에 적정의 원리가 확실하게 장착되었다는 것을 의미했다.

끝없는 연환.

양무기는 뇌진도법의 절초들을 줄기줄기 뿜어내며 압박했으나 창천의 초식들을 연환시키며 버티는 운호의 검을 꺾지 못했다.

특별한 강함은 없는데 빈틈이 전혀 없다.

꼭 솜에 대고 칼질을 하는 느낌이라고나 할까.

절정고수.

무림이란 세계에서 절정의 반열에 든 고수들은 호적수를 만나기 극히 어렵다.

강호가 아무리 넓다 해도 절정고수를 만난다는 것은 가뭄에 콩 나는 것처럼 어려운 일이기 때문이다.

더군다나 혹시 만난다 해도 그들은 사소한 이유로 싸움을 벌이는 경우가 거의 없다.

그들이 지니고 있는 무림에서의 위치가 함부로 검을 뽑지 못하게 만들 뿐 아니라 싸움이 벌어지면 둘 중 하나는 죽게 되기 때문이다.

강호에 쌓아올린 명성은 그들에게 서로의 목숨을 원하도

록 만든다.

그럼에도 그들은 언제나 꿈을 꾼다.

자신이 가진 실력을 마음껏 받아줄 수 있는 적이 불현듯 앞에 나타나기를.

물론 지면 죽음뿐이겠지만 그럼에도 그러한 꿈을 꾸며 강호를 살아간다.

운호도 양무기도 시간이 지날수록 무아지경으로 빠져들고 있었다.

몸에 지닌 모든 것을 뽑아내어 적에게 쏟아붓는 그들의 몸에서 살기가 사라져 버린 건 오십 초가 넘는 순간부터였다.

유희(遊戲).

두 사람은 약속이나 한 것처럼 서로가 지닌 비기들을 주고받으며 황홀감에 전신을 떨었다.

즐거웠다.

무인으로서 이런 검을, 이런 칼을 받아들일 수 있다는 건 행운이나 다름없었다.

시간을 잊었고 초식을 잊었다.

나를 잊었으니 앞에 선 것은 적이 아니라 오직 칼뿐이었다.

그렇게 백여 초를 더 교환한 그들은 어느 순간 거짓말처럼 뒤로 물러섰다.

시간으로 따지면 반 시진이 넘는 격돌이었는데, 공터 주변은 원래의 형상을 찾아보기 어려울 정도로 엉망이 되어 있었다.

죽이기 위한 대결이 아니라 비기를 겨루는 수준이었음에도 그들의 무력은 오 장을 초토화시키는 데 부족함이 없었다.

땀에 젖은 양무기의 얼굴에 만족스러운 미소가 피어올랐다.

"아주 좋구나. 도대체 너는 누구냐?"

"풍운대의 운호."

"점창에 너 같은 자가 있다니 진정 믿겨지지 않는구나."

"점창에는 나보다 강한 사람이 부지기수야."

"웃기는 소리!"

"내 말이 거짓으로 들리는 모양이구나. 그러면서 운남은 왜 왔어? 죽을려고."

"조금 띄워주니까 하늘 높은 줄 모르는구만."

"하늘 높은 걸 왜 모르겠나. 내가 진짜 모르겠는 건 니들이 왜 점창을 건드렸냐는 거다."

"그거야 먹고살자는 거 아니겠어?"

"그게 다냐?"

"한 가지 더 든다면 점창이 만만해서겠지. 그런데 점점 재밌어져. 너무 약해서 상대도 안 될 거라 생각했는데 제법 하는 놈이 많아서 내가 참 즐겁다."

"실컷 즐겨. 지옥에 가면 그러지도 못할 테니."

"오랜만에 정말 마음껏 몸을 풀었다. 하지만 이제 밤도 늦었으니 가서 쉬어야겠어. 경고하는데, 지금까지와는 다를 거다."

"너도 그러냐? 나도 그렇다. 오늘 쥐새끼들 피해 다니느라 몹시 피곤하거든. 나도 얼른 끝내고 쉬고 싶어."

양무기는 천천히 자신의 칼을 횡격세로 만들었다.

기세가 변하며 살기가 쏟아져 나왔다.

그의 몸에서, 그리고 그의 칼에서.

지금까지와는 완벽하게 다른 기세고 기도다.

운호는 천천히 검을 끌어 올려 내력을 주입했다.

적의 칼에서 쏟아져 나오는 살기는 몸이 따끔거릴 정도로 날카로워 그대로 받아내기가 어려울 지경이다.

기세는 기세로.

절정고수들의 대결이 한쪽의 죽음으로 끝나는 이유가 여기에 있다.

살기가 새어 나오는 순간 둘 중 하나는 죽는다.

전력을 다해 적을 꺾는다는 건 여지와 사정을 남기지 않는다는 뜻이기 때문이다.

우르릉!

양무기의 칼에서 은은하게 천둥소리가 새어 나오며 도기가 찬연하게 피어올랐다.

단숨에 승부를 보겠다는 의지가 그의 칼에 고스란히 담겨 운호를 노리고 있다.

강적.

지금까지 상대한 그 누구보다 강력한 무력이 적의 칼에 담겨 있다.

적정의 원리가 몸에 장착된 후 가장 커다란 경고가 울렸기 때문에 운호는 서슴없이 분광을 꺼내 들었다.

검기가 산란되며 양무기의 전신을 한꺼번에 모두 겨냥했다.

기세의 압박을 받은 것은 운호만이 아닌 모양인지 양무기의 얼굴이 일그러졌다.

그리고 한순간.

그의 신형이 좌에서 우로 갈지자로 움직이며 접근해 오다 공중으로 도약했다.

달에 비친 양무기의 신형은 그림자로 착각할 만큼 어두웠으나 그의 칼은 천둥소리와 함께 붉은색 뇌전으로 변해 떨어져 내렸다.

상상하지 못할 정도로 강한 일격.

뒤에 서 있던 운상의 입에서 놀람으로 인한 경호성이 터지는 걸 들으며 운호가 검을 곧추세웠다.

적이 아무리 강해도 지지 않는다.

운호는 유운신법을 펼쳐 급히 좌측으로 벗어나며 삼검을

날렸다.

전력을 다한 적의 공격을 준비가 안 된 상태에서 정면으로 맞받아칠 이유가 없기 때문이다.

물론 피하지 못할 상황이라면 부딪쳐야 되겠지만 뒤쪽에 대기하고 있는 구룡단을 고려한다면 가급적 상처를 입으면 안 된다.

검기가 부챗살처럼 퍼져 나가 급히 회전하는 양무기의 칼과 충돌했다.

쾅! 쾅! 쾅!

검기와 도기가 부딪치자 작은 폭발음이 연속으로 생겨났다.

공격이 실패하자 급히 일 장이나 뒤로 후퇴한 양무기의 칼이 운호의 미간을 노리며 섰다.

물러서면서도 칼끝이 운호에게서 벗어나지 않는 건 반격을 허락하지 않겠다는 뜻이었다.

운호가 후퇴하는 양무기를 따라붙지 않은 것은 계속되는 전투를 통해 허와 실의 묘리를 배웠기 때문이다.

우세가 비세로 변하는 것은 순식간이라는 걸 알고 난 후부터 신중함을 잃지 않았다.

상처가 터졌는지 다시 피가 흐르고 있다.

처음에는 느껴지지 않을 정도였으나 지금은 옷을 적실 만큼 새어 나와 끈적끈적함이 느껴졌다.

승부를 봐야 할 때였다.

운호는 양무기가 다시 접근해 오는 것을 보면서 마주 달려
나갔다.

양무기의 입술은 굳게 닫혀 있고 옷은 터질 듯이 팽팽하게
부풀어 올랐다.

전력을 다하는 모습.

그의 귀두도(鬼頭刀)가 천둥소리와 함께 온통 핏빛 적색 도
기를 뿜어내어 빈 공간을 찾을 수 없게 만들었다.

사면이 막혔으니 방법은 하나, 오직 돌파뿐이다. 운호는 분
연히 분광을 꺼내어 벼락처럼 떨어지는 칼을 향해 진격했다.

찌익, 쫘악!

검기의 물결이 비단을 찢어내는 소리를 내며 벼락과 충돌
했다.

무수한 빛의 잔영.

충돌로 생긴 섬광이 끊임없이 터져 누가 누군지 분간하지
못하도록 만들었다.

굉렬한 전투.

뒤에서 관전하는 운상도, 맞은편에서 보고 있는 구룡단도
입을 쩍 벌린 채 꼼짝하지 못했다.

그들은 모두 믿기지 않는다는 표정을 짓고 있었다.

영원 같은 삼십 초가 순식간에 지나갔다.

처음과는 다르게 그들의 격돌은 살벌하기 그지없었다.

한 치의 빈틈만 보여도 사지를 절단해 버리겠다는 살기가 그들의 병기에 고스란히 담겨 있었다.

하지만 시간이 지날수록 양무기의 얼굴은 점점 더 일그러져 갔다.

조금씩, 아주 조금씩 운호의 검이 칼끝을 제치고 들어와 상처를 내기 시작하더니 삼십 초가 지난 지금은 제법 커다란 상처를 냈기 때문이다.

물론 놈도 온몸이 피로 물들고 있다.

자신의 칼 역시 놈의 검을 뿌리치고 전신을 긁었기 때문에 꽤 많은 상처를 만들어냈다.

그럼에도 자신이 손해를 보고 있는 것은 명확했다.

놈이 두 번이면 자신은 세 번 당했고, 시간이 지날수록 점점 더 상처가 커지고 있었다.

이대로 계속 진행되면 진다.

그랬기에 그는 칠도를 연환시킨 후 급히 뒤로 물러나 신형을 세웠다.

거칠어진 숨소리.

아무리 절정에 달한 고수라도 막강한 적과의 싸움은 체력을 소모시키는 법이다.

"정말 대단한 놈이다."

"이제 알았어?"

"움직일 때는 몰랐는데 서니까 아프네. 이거 정말 오랜만에 피를 보는구먼."

"이제 끝장을 내자. 자러 가야 돼서 말이야. 내 친구가 무척 피곤하단다."

"크크크, 좋아. 아주 좋아."

양무기는 웃음을 흘리며 자신의 칼을 쳐다봤다.

아직 그에게는 뇌진검법의 최후 초식인 금마사풍(金馬社風)이 남아 있었다.

끝을 본다고?

단순한 놈.

놈은 아직 강호의 무서움을 모르는 것이 분명하다.

자신에게는 비장의 한 수가 남았으니 한 번의 공격은 더 할 생각이다.

이기든 지든 그걸로 놈과의 승부는 끝을 낸다.

여기엔 자신만 있는 것이 아니라 여덟이나 되는 사제가 있다.

강호에서 이긴 자는 살아남는 자뿐이다.

그것이 강호의 법칙이니 비겁하다며 혀를 찰 일은 아니다.

이제 곧 너희는 여기서 무조건 죽는다.

운호는 양무기가 웃음을 멈추고 칼끝으로 심장을 겨냥하자 검을 놈의 미간으로 향했다.

어쩐지 기분 나쁜 웃음이다.

기세로 보아 숨겨놓은 마지막 비기를 꺼내려는 것이 분명했기에 운호는 내력을 전신으로 퍼뜨리며 검병을 다시 움켜쥐었다.

선공을 허락하면 안 된다.

여기서 놈을 무력화시키지 않으면 후속되는 싸움이 커다란 부담으로 남을 수밖에 없다.

운호는 지체 없이 양무기를 향해 검기를 회전시켰다.

회풍(回風).

검기가 회전하며 양무기의 전신을 타고 넘었다.

그러나 양무기도 준비하고 있었는지 기다렸다는 듯 십삼도를 펼치며 허공으로 떠올랐다.

무시무시한 뇌전이 무질서하게 다가오는 것을 확인하고도 운호는 공격을 멈추지 않고 돌진했다.

콰앙!

엄청난 충돌.

충돌을 끝으로 두 사람의 신형이 붙었다 떨어져 나간 것은 순식간에 벌어진 일이었다.

충돌의 결과는 참혹했다.

운호는 비틀거리며 세 걸음을 뒤로 물러섰다.

가슴에는 횡으로 길게 도상을 입어 살이 쩍 벌어진 채 피가 계속해서 새어 나왔다.

커다란 부상이다.

그러나 양무기의 상태는 훨씬 더 심했다.

그는 바닥에 쓰러졌다가 간신히 몸을 일으키고 있었는데, 왼팔이 덜렁거리고 옆구리와 다리 쪽에도 뼈가 보일 정도였다..

그의 입에서 나온 신음 소리는 마치 짐승이 흘리는 것과 비슷했다.

"이런 개 같은 놈!"

신음을 끝으로 운호를 향해 양무기의 고함이 터졌다.

이런 결과가 나올 줄은 몰랐는지 그는 분노로 얼굴이 새하얗게 변해 있었다.

워낙 커다란 상처였기에 뒤쪽에 대기하고 있던 구룡단이 신형을 날려 다가왔으나 양무기의 시선은 운호에게서 떨어지지 않았다.

"반드시 널 죽이겠다!"

구룡단은 양무기를 치료하기 위해 남은 하나를 빼고 일곱이 전장으로 들어와 운호와 운상을 향해 다가왔다.

운호는 다가오는 그들을 보며 급히 품에서 활인고를 꺼내 상처에다 바른 후 빈 통을 뒤로 던져 버렸다.

당운영에게 받은 두 통의 활인고를 벌써 다 써버렸다.

그동안 상처가 덧칠할 정도로 많이 생겨 온몸에 바르다시

피 했기 때문에 활인고가 남아나질 못했다.

가슴에 당한 상처는 허리가 저절로 숙여질 만큼 컸다. 더군다나 이전의 상처까지 다시 벌어져 온몸이 고통을 하소연해 왔다.

저절로 표정이 일그러지고 손아귀가 떨려왔다.

"운호야, 괜찮냐?"

"네 눈에는 괜찮아 보이냐? 죽을 지경이다."

"이 새끼들, 끝장 보려고 하겠지?"

"쟤들 눈 봐라. 눈빛에 살기가 장난이 아니야."

"너도 다쳤고 숫자에서도 밀린다. 정면대결은 아무래도 우리가 불리한 것 같지 않아?"

"그건 그렇지."

"그래서 말인데, 저기 갈대밭이 좋겠어. 쪽수에서 밀리니 어쩌겠냐. 지형 덕이라도 봐야지."

"대단한 놈. 끝까지 도망치자는 소린 안 하는군. 호전적인 건 내가 아니고 너다, 인마!"

"지랄, 도망가고 싶어도 도망갈 수 없어서 그러는 거잖아. 호전적인 성격이라서 그런 건 절대 아니라고. 말은 똑바로 해."

구룡단이 엄청난 살기를 뿜으며 접근하고 있었지만 그들은 조금도 두려움을 나타내지 않았다.

서로에 대한 믿음, 그리고 고련을 통해 만들어진 무력은 두려움을 모르게 그들을 성장시켰다.

적이 이 장 앞으로 다가섰을 때 운상이 검을 꺼냈다.

"내가 먼저 치고 나갈 테니 너는 너대로 움직여. 아파도 참고. 알겠지?"

"알았다."

대답의 여운이 사라지기도 전에 운상은 유운신법을 펼쳐 좌측으로 튕겨지듯 쏘아져 나가며 삼검을 날렸다. 죽이기 위함이 아니라 공간을 확보하기 위한 공작이다.

그들이 서 있는 공터를 제외한다면 동강벌은 온통 갈대숲이었기에 운상의 신형은 막아온 두 명의 구룡단을 제쳐내고 금방 시야에서 사라져 버렸다.

그것은 운호도 마찬가지였다.

사전에 약속이나 한 것처럼 운호는 운상과 반대 방향으로 치고 나갔다.

정면대결을 하지 않겠다는 전략.

정상적인 몸 상태에서도 밀릴 수밖에 없는 절정도객들을 상대로 정면대결을 한다는 것은 확실하게 무모한 짓이다.

그랬기에 그들의 선택은 당연한 것이었다.

갈대의 크기는 사람의 키와 비슷했기 때문에 허리를 약간만 숙여도 몸을 숨길 수 있었다.

구룡단은 운상보다 운호를 더 죽이고 싶은 모양이었다.

운상을 따라붙은 것은 셋인 반면 운호에게는 부단주 수진방을 포함한 넷이 추격해 왔다.

운호는 유운신법을 낮게 펼치며 갈지자로 움직이다가 우측으로 방향을 틀었다.

이제부터는 속도와 은밀함의 싸움이다.

적의 전열을 흩뜨리고 일대일의 상황을 만드는 것이 이 싸움의 관건이었다.

자칫 잘못해서 포위되는 순간 결과는 최악으로 치닫게 된다.

구룡단이 그들을 공터에서 벗어나게 한 것은 당당하게 싸움에 임하던 운호가 설마 자리를 피할 것이란 생각을 갖지 못했기 때문이다.

결국 방심이 불러온 결과지, 그들이 약해서 발생한 일은 아니란 뜻이다.

그것은 곧 다시 포위망에 갇히면 두 번 다시 같은 결과를 만들어내기 쉽지 않다는 것을 의미했다.

운상은 반대쪽으로 갔기에 운호는 최대한 전권을 넓히기 위해 북쪽으로 이동했다.

전권을 넓혀놓지 않으면 자칫 상충이 발생할 수 있고, 그들의 의도와는 다르게 또 다른 포위망이 구축될 수 있었다.

운호는 좌측으로 움직이던 신형을 틀어, 왔던 쪽으로 다시 돌아갔다.

적을 혼란스럽게 만들 의도다.

어느 순간 숨을 멈추고 신형을 정지시킨 채 적을 기다렸다.

덫에 걸리는 순간 일격에 끝내기 위해 그는 내력을 검에 주입한 후 조용히 기다렸다.

움직일 때는 몰랐던 고통이 극렬하게 피어났다.

지그시 이를 악물고 참았으나 한 번 피어난 고통은 정신을 서서히 갉아먹고 있었다.

그때, 갈대 사이로 은밀하게 접근하는 기운이 감지되었다.

이런 갈대밭에서 쫓고 쫓긴다는 것은 다수에게 극히 불리할 수밖에 없다.

자칫 아군을 공격하는 실수를 범할 수 있기 때문에 다수는 기척을 발견해도 전력을 다해 공격하지 못하지만 혼자라면 이야기는 달라진다.

운상은 반대쪽에 있으니 이쪽에 있는 자들은 모두 적이었다.

운호는 내력이 담긴 검을 끌어 올린 후 감지된 기운을 덮쳤다.

삼 장을 순식간에 좁힌 운호의 검이 칠검을 퍼부었다.

검기가 부챗살처럼 퍼져 추적자의 전신을 장악했다.

그러나 상대 역시 구룡단의 일원.

기습이 온다는 판단을 내리자마자 적은 기다렸다는 듯 같은 칠도를 펼쳐 대응을 해왔다.

적은 그만큼 강한 고수였다.

그럼에도 손해를 본 것은 구룡단원이었다.

한 번의 충돌로 그는 옆구리에 두 뼘 가까운 검상을 입은 채 급히 뒤로 물러서고 있었다.

더 이상 싸움에 가담하지 못하도록 무력화시켜야 했기에 운호는 두려운 눈으로 물러서는 적을 향해 그대로 돌진했다.

분광의 정식 명칭은 분광추영이다.

말 그대로 검기가 쪼개지며 적을 그림자처럼 쫓는다는 뜻이다.

운호의 검에서는 아무런 소리가 나지 않았다.

오직 눈부시도록 시린 검기의 물결뿐.

구룡단원은 다가오는 검기를 향해 마주 뛰어들었다.

처음 보이던 두려움은 이미 사라졌고, 대신 불같은 투지가 눈에 담겨 있었다.

그러나 승부는 투지만으로 갈라지는 것이 아니었다.

그는 장렬하게 십삼도를 펼치고 뒤로 튕겨난 후 움직이지 못했다.

뇌진도법의 최후 초식 금마사풍(金馬社風)이었으나 양무기에 비해 그 성취도는 많이 부족했다.

그럼에도 운호는 왼쪽 팔에 또다시 상처를 입고 말았다.

상처는 상처를 부른다고 하더니, 적과 충돌할 때마다 상처는 지속적으로 늘고 있었다.

감각이 무뎌지고 내력이 떨어지면서 발생하는 현상이다.

그래도 이 정도는 참을 만했다.

양무기와의 싸움에서 얻은 가슴 상처와 사문둔저진에 당한 어깨, 허벅지의 상처가 워낙 컸기 때문에 새로 얻은 상처는 고통조차 하소연하지 못했다.

적이 쓰러지는 것을 확인하지도 못한 채 운호는 급히 우측으로 방향을 틀어 신법을 펼쳤다.

싸웠던 곳으로 다가오는 강력한 기세가 느껴졌기 때문이다.

고수는 멈췄을 때 완벽하게 기세를 숨길 수 있으나 움직일 때는 그렇지 못하다.

신체가 움직인다는 것은 어떤 식으로든 내기가 가동된다는 것을 의미한다.

운호는 십 장 정도 우측으로 진행하던 신형을 다시 남쪽을 향해 날렸다.

수시로 방향을 바꾸고 일각 정도 움직이자 뒤를 쫓던 기운들이 희미해졌다.

천천히 운상이 간 남쪽으로 신형을 이동시켰다.

아주 은밀하게.

하나가 당했기 때문에 놈들은 함부로 움직이지 못할 것이 분명했다.

또 하나, 혼자 움직이면 당한다는 걸 알았으니 분산해서 추적한다는 생각마저 접었을 가능성이 컸다.

쉽게 움직이지 못하고 분산조차 하지 않는다면 놈들의 수색 범위는 극히 좁아질 수밖에 없었다.

때문에 운호는 단호하게 결정을 내리고 운상에게 돌아가기 시작했다.

구룡단 정도의 절정고수라면 운상 혼자 셋을 상대하기가 부담스러울 것이다.

벌써 운상 쪽에서 두 번의 충돌이 일어나는 소리를 들었다.

서두르지 않으면 운상이 당할 수도 있었다.

신형을 비조처럼 날려 남쪽 갈대숲으로 향했다.

백 장이 넘는 거리였으나 유운신법을 극으로 펼치자 불과 반의 반각도 걸리지 않았다.

검을 들고 걸으며 주변을 살폈다.

아무리 환한 달빛이라도 밤은 이기지 못하는 법.

여전히 갈대는 사람의 눈을 혼란시켜 삼 장 앞도 보이지 않게 만들었다.

병기의 충돌음이 들린 것은 운호가 남쪽 갈대숲의 중간 지점을 걷고 있을 때였다.

좌측으로 백 보 지점.

순식간에 공간과 공간을 건너 전권으로 뛰어든 운호는 막 운상의 옆구리를 공격하던 구룡단원의 등을 향해 삼검을 날렸다.

맞상대해도 부족할 판에 기습을 당했으니 무사하기를 바란다는 건 어불성설.

공격을 당한 구룡단원은 술 취한 사람처럼 비칠비칠 뒷걸음치다 결국 풀썩 쓰러지고 말았다.

하여간 강한 자들이다.

기습을 했음에도 어느 틈에 돌아서서 반격까지 해오니 말이다.

운상은 그사이 벌써 다섯 군데에 도상을 입어 자신과 비슷한 처지가 되어 있었다.

아무래도 셋을 혼자 상대한다는 건 무리가 따랐던 모양이다.

"괜찮냐?"

"응. 놈들은 어쩌고?"

"슬쩍 이쪽으로 왔다. 아마 놈들은 내가 여기로 온 줄 모르고 있을 거다."

"너 정말 머리 좋다. 왜 난 그 생각을 못했을까?"

"이제 두 놈 남았지?"

"아니, 하나. 한 놈은 내가 잡았다. 운호야."

"응?"

"여기 있는 놈만 잡고 떠나자. 정말 세다. 이 상처 봐라. 아파서 환장하겠다."

"안 그래도 그럴 생각이다. 너 내 앞에서 엄살 부리지 마. 네가 그 정도면 난 금방 쓰러져 죽어."

"알았다, 알았어. 어쨌든 넌 저쪽으로 가. 난 이쪽으로 갈 테니까."

"그럴 필요 없어."

운호가 검을 들고 운상을 향해 고갯짓을 했다.

운상이 따라서 검을 들자 공격하라는 손가락질을 한다.

쨍! 쨍! 쨍!

검끼리 부딪치는 소리가 청아하게 울리며 어둠을 뚫고 퍼져 나갔다.

처음엔 무슨 짓인가 하는 생각에 의아해하던 운상이 잠깐 사이에 뜻을 눈치채고 감탄스러운 눈으로 운호를 바라봤다.

이놈, 정말 갈수록 머리가 좋아진다.

유인(誘引).

찾지 말고 적을 유인해서 해치우자는 뜻이다.

그리고 그 생각은 기가 막히게 들어맞아 갈대숲을 헤치며 급히 다가오는 기척이 들려오기 시작했다.

눈과 눈으로 이야기를 마친 운호와 운상은 기척이 가까워오자 즉시 양쪽으로 나뉘며 적을 향해 공격을 가했다.

전혀 뜻밖의 기습.

더군다나 하나도 아니고 둘이다.

전력을 다해 막았으나 워낙 강한 공격에 구룡단원의 신형이 주욱 밀려났다.

운호와 운상은 적이 소리조차 지르지 못하게 단숨에 따라

붙으며 분광을 펼쳤다.

소리쳐 구원을 보낼 여유가 없다.

두 사람의 공격은 너무나 강해 잠시도 한눈팔 새가 없었기 때문에 구룡단원은 뇌진검법을 미친 듯이 펼치며 후퇴했을 뿐이다.

사람의 본능은 사는 것이 먼저지, 죽이는 것이 먼저가 아니다.

뻔히 죽는다는 것을 알면서도 생각과 행동이 다르게 되는 이유는 바로 삶에 대한 애착 때문이다.

지금의 구룡단원도 살기 위해 몸부림을 쳤으나 결국 그는 자신들의 동료들을 부르지 못하고 허무하게 생을 마감해야 했다.

운호와 운상의 입장에서는 무척이나 다행스러웠지만 구룡단의 입장에서는 미치고 펄쩍 뛸 일이었다.

운호와 운상은 뒤도 안 돌아보고 자공을 향해 신법을 날렸다.

힘들어서 곧 쓰러질 만큼 지쳤으나 적들로부터 조금이라도 멀리 떨어지기 위해 안간힘을 썼다.

일단 자공에서 상처를 치료하고 원문으로 이동할 생각이었다.

물론 적들이 추격을 시작하겠지만 비객들을 모두 제거했기 때문에 충분히 시간을 벌 수 있을 터였다.

구룡단은 수장이 중상을 입었고 넷이나 죽었으니 추격 대열에서 빠질 수밖에 없을 것이다.

더군다나 선룡단과 황룡단은 의빈으로 집결했고, 여기서 빠져나갈 수 있는 경로는 무려 일곱 가지나 되기 때문에 그들이 전부 나선다 해도 행로를 파악하는 데는 하루가 꼬박 걸린다.

그런 이유가 있기 때문에 운호와 운상은 반 시진 정도 달린 후에야 천천히 속도를 줄였다.

"야, 이제 좀 천천히 가자. 아이고, 죽겠다."

"이놈이 계속 엄살을 부리네."

"정말 아프다니까. 그 활인고 좀 줘봐. 아직 피가 흐르나봐."

"다 썼다."

"그 귀한 걸 벌써 다 써?"

"내 몸 보고 말해."

"할 수 없네. 이거라도 발라야지."

잘 움직이지도 않는 몸뚱이를 조심스럽게 비탈면에 내려놓은 운상이 품에서 금창약을 꺼내더니 옷을 벗었다.

옷은 넝마처럼 여기저기 찢어졌고 피로 도배되어 다시 입을 수 없을 정도였다.

작지 않은 상처가 다섯 군데였다.

엄살을 부린다고 타박을 쳤지만 운상의 상처는 결코 작은 것이 아니었기에 운호는 인상을 잔뜩 쓰며 금창약을 발라주었다.

"이리 와서 옷 벗어!"

"왜?"

"왜긴. 내가 네 알몸 보고 싶어서 옷 벗으랄까 봐?"

"아까 약 다 발랐어."

"이쪽 팔 남았잖아. 빨리 와. 팔 아파."

운상이 금창약을 건네받으며 소릴 지르자 운호가 슬그머니 옷을 벗고 왼팔을 내밀었다.

인간의 몸이 아니다.

벗은 상체가 온통 상처로 도배되어 있고, 어떤 상처는 다시 상처로 입혀져 본래의 상처가 희미하게 보일 정도였다.

도대체 얼마나 힘든 싸움을 했기에 이 모양이란 말인가.

왼팔을 내밀고 있는 운호의 얼굴은 서서히 하얗게 질려가고 있었다.

중상을 입은 채 광렬한 전투를 계속했고, 잠시도 쉬지 못해 내력이 고갈될 대로 고갈된 상태였다.

이대로 두면 금방이라도 쓰러질 만큼 운호의 상태는 최악이었다.

2장

청성일미

자공(自貢).

자공은 사천성의 성도인 성도(成都)에 이어 두 번째로 큰 도시다.

의빈보다 북쪽으로 오십 리 정도 위에 위치해 있고 인구는 오만을 헤아렸다.

'촉(蜀)의 개는 해를 보면 짖는다' 는 말이 있을 만큼 안개가 잦은 지역으로 평야가 넓어 쌀과 보리, 옥수수 등 식량의 생산량이 많다.

식량의 생산량이 많다는 것은 지역에 거주하는 사람들의 삶이 부유하다는 것을 의미했으며 물산의 교역 역시 활발하게 이루어져 무역이 성행했다.

실제 사는 사람들보다 잠시 스쳐 지나는 상인들이 더 많다고 할 정도였으니 자공은 생산과 무역이 공존하며 날이 갈수록 번성을 거듭하는 도시였다.

도시는 활력으로 넘쳤다.

낮에는 수없이 많은 업종에서 일하는 사람으로 북적였고, 밤에는 상인들이 그 피로를 풀기 위해 술과 여인들을 찾으니 자공의 낮과 밤은 언제나 소란스럽고 활기찼다.

사람과 돈이 넘쳐나는 도시 자공.

강력한 힘을 가진 문파라면 누구든지 침을 흘릴 수밖에 없었다.

그럼에도 지금까지 자공에는 주인이 없었다.

교묘한 지리적 위치.

청성과 당문, 그리고 칠절문의 근거지에서 정확히 삼각형의 중심에 위치한 자공은 완벽한 힘의 균형 속에 있는 태풍의 눈이었다.

먼저 선점하겠다고 덤비는 순간 나머지 문파들의 협공을 각오해야 될 정도로 중요한 도시였기에 자공은 지금까지 실질적인 주인을 맞지 못했다.

그러나 호랑이가 없으면 토끼가 주인이 되는 법.

거대 문파들이 서로의 눈치를 보며 견제하는 동안 세 개의 흑사회가 지역을 나누어 주인 행사를 하기 시작한 것이 벌써

오 년 전의 일이다.

청성이나 당문, 칠절문의 입장에서는 환장하고 펄쩍 뛸 일이었지만 흑사회는 교묘하고도 뻔뻔하게 자공을 장악한 채 엄청난 이득을 거둬들이며 세를 불리는 중이었다.

운호와 운상은 자공으로 들어와 먼저 의방을 찾았다.

자공 중심가에서 조금 벗어난 곳에 위치한 제세원은 이백 평 규모의 장원에 오십 개의 치료실을 만들어 운영하는 제법 커다란 의방이었다.

규모가 크다는 것은 의원의 숫자가 많다는 것을 의미하는데, 운호와 운상을 처음 맞아들인 의원은 사십 줄의 중년인이었다.

온후한 인상의 그는 둘의 표정과 행동이 부자연스러운 걸 확인한 후 조심스럽게 입을 열었다.

"어찌 왔소?"

"칼에 베였습니다."

"얼마나?"

"꽤 깊습니다."

"어디 봅시다."

의원의 말에 운상이 힘겹게 옷을 벗었다.

온몸이 붕대로 감겨 옷을 한 꺼풀 더 껴입은 것으로 보였다.

옷은 벗었지만 붕대마저 풀 수는 없기 때문에 어쩌면 좋겠
냐는 듯 쳐다보자 의원은 허옇게 변한 얼굴로 슬금슬금 다가
와 손을 내밀었다.

무인.

아마 목숨을 건 치열한 싸움을 한 자임에 틀림없었다.

조심스럽게 몸에 감긴 붕대를 푼 의원은 깊은 신음을 흘리
며 허리를 곧추세운 채 앉아 있는 운상을 바라봤다.

무인을 치료한 적은 여러 번 있다.

하지만 이렇게 심한 상처는 처음 봤고, 이런 상처를 입고도
이토록 태연하게 내색하지 않는 자도 처음이다.

누군가는 생살을 찢어 고름을 빼내는 수술 중에도 아무렇
지 않다는 듯 바둑을 두었다고 하던데 눈앞에 있는 청년도 그
못지않은 심지를 지닌 자가 분명했다.

범인들은 일어서서 움직이지도 못할 뿐만 아니라 혼수상
태에 빠지는 것이 다반사이기 때문에 운상을 바라보는 의원
의 눈은 경외심으로 가득 찼다.

"옆의 분도 이렇게 심하오?"

"그렇습니다."

"어디 당신도 봅시다."

운호에게 다가간 의원이 붕대를 풀었다.

충격.

운호의 몸에 난 상처를 본 의원은 소리도 내지 못하고 입만

벙긋거렸다.

그는 한참이 지난 후 정신을 차리고 사람들을 부르기 시작
했다.

워낙 큰 상처이기에 급하다고 판단했는지 다른 의원들을
불러 두 개의 방을 준비하게 만들었다.

거의 두 시진에 가까운 치료가 끝나고 흉터가 남지 않도록
마무리를 마친 의원들은 녹초가 되어 방을 나갔다.

그들의 전신은 온통 땀으로 도배되어 물에 빠진 생쥐처럼
보일 지경이었다.

운호와 운상은 회복실에 나란히 누워 천장을 쳐다보고 있
는 중이었다.

둘 다 그저 천장만 바라보며 아무런 말이 없다.

말이 없다는 것은 두 가지 경우 중 하나다.

첫째는 할 말이 없을 때고 또 하나는 생각을 하느라 말할
겨를이 없을 땐데, 지금의 운호와 운상은 두 번째 경우에 해
당했다.

천생 무인들.

그들은 동강벌에서 있었던 싸움을 되새기면서 부족했던
부분에 대해 회상에 회상을 거듭하는 중이었다.

그러던 어느 순간 운호가 잘 움직여지지 않는 몸을 꿈틀거
리더니 천천히 좌정을 했다.

그것을 보고 운상이 그동안의 침묵을 깨며 입을 열었다.

"너 뭐 하냐?"

"운기 좀 하려고."

"야, 내력 잘못 돌리면 상처 터져. 그냥 누워 있어."

"괜찮아. 이전에도 해봤는데 별일 없었어."

"치료 받은 지 얼마나 됐다고!"

"괜찮다니까."

"안 아프냐?"

"아프지."

"그럼 좀 쉬어. 넌 어떻게 산에서나 산 아래서나 사는 게 똑같냐. 무슨 놈이 여유가 없어, 여유가!"

"운기하면 상처가 빨리 낫더라. 조금 아파도 참고 견디면 훨씬 시간을 단축할 수 있어."

"그걸 모르는 놈이 어디 있냐?"

"그러니까 너도 얼른 해. 여기서 언제까지 누워 있을 수는 없잖아. 만약 적들이 우리 위치를 알게 되면 꼼짝없이 당한다고."

"끙!"

운호의 말에 운상이 인상을 썼다.

운상 역시 절정의 고수다.

그런 그가 진기의 흐름으로 상처를 치유하는 방법을 모를 리 없다.

특히 현천진기는 내, 외상을 치유하는 데 탁월한 요상법이 별도로 있기 때문에 웬만한 상처는 오래 걸리지 않고 완쾌된다.

그럼에도 운상이 인상을 쓴 건 금방 봉합한 상처는 몸을 움직이게 되면 엄청난 고통을 발생시키기 때문이다.

그도 당연히 때가 되면 운기를 통해 상처를 치유할 생각이었지만 어느 정도 상처에서 열이 가라앉은 후 시행하려 했는데 운호 이놈은 서슴없이 행동으로 옮겼다.

몸부림치며 일어나는 운호의 얼굴은 고통으로 잔뜩 일그러져 있었다.

일어서기 위해 버둥거리는 모습은 옆에서 지켜보는 자신이 다 덜덜 떨릴 정도였다.

그런데 놈은 그런 고통을 참아내고 기어코 좌정에 성공하고 말았다.

운호는 예전이나 지금이나 타고난 독종이었다.

좌정을 마친 운호가 눈을 반개한 채 심법을 운용하기 시작하는 걸 본 운상 역시 좌우로 몸을 비틀다 지렁이처럼 기어 조금씩 몸을 일으켰다.

비록 여기가 의방이지만 운호가 운기에 들어갔으니 자신은 경계를 서줄 필요성이 있었다.

그때 반개했던 운호의 눈이 떠졌다.

"일어났으면 다른 거 신경 쓰지 말고 운기나 해. 호법 설

필요 없으니까."

"뭔 소리냐?"

"천룡무상심법은 외부의 기운에 즉시 반응할 수 있어. 위험이 닥치면 금방 감지할 수 있으니까 염려하지 않아도 돼."

"미치겠네. 그거 나도 익혀야겠다."

"너, 이 자세 얼마나 아플 것 같냐?"

"무척."

"그러니까 그만 떠들고 얼른 시작해, 인마."

"알았어."

엉거주춤 일어섰던 운상이 조심스럽게 다시 바닥에 엉덩이를 내려놓고 온갖 인상을 쓰며 좌정했다.

양손을 가지런히 무릎에 얹고 운기를 시작하는 걸 보며 운호도 다시 눈을 감았다.

처음에는 고통 때문에 정신이 산란되었으나 심법을 운용해 단전에 있는 진기를 전신으로 퍼뜨리자 금방 무아의 세계로 빠져들었다.

운호의 몸에서 나오는 금빛의 안개는 날이 갈수록 점점 더 짙어지고 있었다.

운호와 운상은 밥 먹는 시간을 빼고는 운기를 통해 상처를 치료하는 데 전력을 기울였다.

적의 추격이 걱정되었고, 곧 벌어질 칠절문과의 전면전을 생각한다면 한시라도 빨리 자리에서 일어나 감락으로 서진해야 했다.

다행스럽게도 운호는 하루가 지나자 자리에서 일어나 돌아다녔는데 그의 몸에 났던 상처는 새살이 솟아날 정도로 치료되어 있었다.

운호의 내공이 깊어지면서 천룡무상신법의 치유 능력은 이전보다 훨씬 강화되어 무서운 속도로 상처를 아물게 만들었다.

그런 운호를 보며 운상은 고개를 절레절레 저었다.

운호의 상처는 자신의 것과 비교할 수 없을 정도로 심해 치료와 운기를 병행한다 해도 칠 일은 꼬박 걸릴 거라 예상했다.

하지만 하루가 지나 아무 일도 없었던 것처럼 움직이고 있으니 미치고 펄쩍 뛸 노릇이었다.

자신도 현천진기를 돌리면서 상처가 급속도로 아물고는 있었으나 움직이려면 아직도 시간이 필요했다.

놈은 시간이 갈수록 불가사의한 능력을 보여 자신을 혼란 속으로 몰아넣고 있었다.

동강벌 싸움에서 보여준 운호의 무력은 거짓말로 치부했던 황룡단과의 전투가 사실임을 알려주었다.

다시 운기를 시작하기 위해 자리에서 일어나 좌정했을 때, 어딜 나가려는지 운호가 새 옷을 꺼내 주섬주섬 갈아입는 것이 보였다.

"어디 가냐?"

"시내에 나가서 소식 좀 들어보려고."

"무슨 소식?"

"놈들이 따라왔는지 알아봐야지. 사문의 어른들이나 사형들이 어디 계신지도 알아볼 생각이다. 싸움이 있었는지 궁금하기도 하고."

"나도 가자."

"미친놈. 움직이지도 못하는 놈이 어딜 간다는 거야? 몸이나 빨리 추슬러. 내일까지 못 움직이면 떼놓고 갈 테니까!"

"뭐라고? 이제 보니 엄청 매정한 놈일세."

"크크, 그러니까 열심히 치료하고 있어."

자공의 밤은 화려하기 그지없었다.

자공의 중심가인 천인로는 낮보다 오히려 더 많은 인파가 몰려들어 오고가는 사람들의 어깨가 부딪칠 정도로 혼잡스러웠다.

거리 양쪽을 가득 메운 장사치들의 호객하는 소리와 사람들의 말이 섞여 뭔 소리를 하는지 알아들을 수 없을 만큼 시끄러웠다.

기루에서는 여인들이 손님들을 유혹하며 연신 추파를 보내오고 있었다.

운호는 그런 거리를 두리번거리며 걸었다.

모든 게 신기하고 모든 게 새로운 것들이다.

산에서만 살아왔고 내려온 후에도 싸우느라 사람들이 살아가는 세상을 제대로 구경하지 못했다.

그런 운호였으니 보이는 모든 것이 신기할 수밖에.

처음 보는 물건들이 지천에 깔려 있어 두 눈을 유혹했다.

양쪽 건물에서 연신 보내오는 기녀들의 추파와 호객하는 상인들의 고함 소리에 자신도 모르게 정신줄을 놓을 수밖에 없었다.

그러나 운호는 고수다.

앞에서 불쑥 다가와 정면으로 부딪치며 품에서 전낭을 꺼내는 사내의 손을 그냥 둘 정도면 어찌 수많은 적으로 둘러싸인 사선을 뚫고 살아나올 수 있었겠는가.

운호에게 손을 잡힌 장한은 의외라는 표정을 짓더니 곧 누런 이를 드러내며 웃었다.

그는 손이 잡혔어도 태연했는데, 이런 일을 여러 번 겪어본 모양이다.

"어떻게 알았냐?"

"솜씨가 형편없었으니까."

"새끼, 그냥 조용히 끝냈으면 좋았을 텐데 꼭 매를 버는군."

사내가 운호의 손을 떨치면서 뒤로 물러났다.

놈은 자신의 임무가 실패한 것에 대해 조금의 미련도 두지 않고 물러섰는데, 표정에는 여유가 흘러넘쳤다.

그 이유는 금방 알 수 있었다.

놈이 물러난 대신 세 명의 사내가 다가왔다.

상의를 반쯤 풀어놓은 그들의 상체는 용과 뱀 등 살아서 금방 꿈틀거릴 것만 같은 문신이 가득 새겨져 있었다.

수많은 사람이 지나는 거리 한복판이었지만 그들은 시선은 의식하지 않고 운호를 겁박하기 시작했다.

"이런 씨발 놈이 뒈질라고 감히 어디서 전낭을 훔쳐! 당장 내놓지 않으면 모가지를 따버린다!"

중앙에 있던 사내가 커다랗게 소릴 지르며 반쯤 풀어놓았던 상의를 벗어 거리에다 팽개쳤다.

과장된 행동.

사내의 행동에 거리를 가득 메우며 지나가던 사람들의 발걸음이 멈춰 섰다.

세상에서 가장 재밌는 구경거리 중 하나가 싸움 구경이었으니 멈춰 서는 것은 당연한 일이었다.

그것은 패거리가 일부러 만들어낸 상황 중의 일부였다.

천인로를 주름잡는 흑천방의 대표적인 편자들이 바로 이들 사인조였다.

지나가는 자들 중 어리숙한 놈을 골라 소매치기를 하거나 이처럼 위협해서 전낭을 뺏는 것이 이들의 영업 방식이었다.

놈의 몸에 새겨진 것은 오색찬란한 용 문신이었다.

문제는 운호가 그런 놈의 행동을 보며 아무런 감탄도 보이지 않았다는 데 있었다.

놈은 운호가 멀뚱멀뚱 서 있기만 하자 입맛을 쩍쩍 다셨다.

대충 이런 상황이 되면 겁을 먹고 잽싸게 전낭을 상납하는 것이 정해진 절찬데 놈은 전혀 그런 기색을 보이지 않았다.

가끔 이런 경우가 있긴 했다.

너무 놀라 정신이 반쯤 나가 버린 놈들은 기본적인 반사 신경까지 반납하는 경우가 왕왕 있었다.

이럴 때는 더욱 압박해서 정신을 돌아오게 만들 필요성이 있었다.

"야, 이 쌍놈의 새끼야. 당장 전낭 안 내놓으면 배를 갈라 곱창을 씹어 먹어버릴 테다. 너, 내가 누군지 알아? 이 문신 안 보여? 어디 촌놈이 감히 소매치기를 하고 있어!"

문신이 소리와 함께 운호의 옷깃을 틀어쥐었다.

금방이라도 패대기칠 기세다.

운호의 표정이 변한 것은 놈의 손길이 더욱 거칠어져 숨 쉬기가 곤란해졌을 때다.

이놈들, 참 한심한 놈들이다.

아무리 내력을 갈무리해 놨다 하더라도 자신의 등 뒤에 걸린 검을 봤다면 이럴 수는 없는 법이다.

이런 눈을 가진 놈들이 무사히 먹고사는 게 신기할 따름이다.

의외의 상황이 발생한 것은 운호가 자신의 옷깃을 틀어쥔 놈의 처리를 고심하고 있을 때였다.

이런 일로 죽일 수는 없으니 징계의 수위를 조절할 필요성이 있어 잠시 고민하는 사이, 하나의 인영이 바람처럼 사람들 틈을 뚫고 나왔다.

그 인영은 옷깃을 틀어진 놈을 향해 일권을 터뜨린 후 곧바로 신형을 날려 나머지 두 놈마저 패대기쳐 버렸다.

순식간에 발생한 일.

문신 셋은 바닥에 쓰러져 한동안 움직이지 못했는데 얼마나 충격이 컸는지 정신을 차리고도 버둥거리기만 할 뿐 일어서지를 못했다.

너무나 허탈해서 운호는 잠시 동안 멍하니 서 있기만 했다.

지금까지 자신의 상대를 남에게 뺏긴 적이 없는데 한순간에 도둑을 맞아버렸으니 허탈해도 너무나 허탈했다.

하지만 그런 기분은 불청객의 한마디로 인해 허공 저편으로 완벽하게 사라져 버렸다.

"괜찮아요?"

얼굴에 매달린 밝은 미소와 청아한 음성.

백의 무복을 곱게 차려입은 불청객은 하늘에서 방금 내려온 선녀로 착각할 만큼 아름다운 여인이었다.

운호는 자신을 빤히 쳐다보며 안위를 물어오는 여인의 미소가 눈부시다고 생각했다.

햇살이 없음에도 눈이 부시다고 느낀 것은 그녀의 몸에서 은은하게 새어나오는 후광 때문이었다.

진정으로 아름다운 여인은 사람들의 눈을 현혹시키는 광채가 뿜어 나온다는 소릴 들은 적이 있는데 이렇게 눈으로 직접 확인하게 될 줄은 꿈에도 몰랐다.

그 정도로 여인은 아름다웠다.

"저는 괜찮습니다."

"흉악한 자들이에요. 사람이 이렇게 많이 다니는 곳에서 나쁜 짓을 하다니 정말 큰일 날 뻔했어요."

"소저 덕분에 화를 면했습니다. 어떻게 고마움을 표시해야 될지 모르겠군요."

"사해가 동도라고 했으니 어려운 사람을 돕는 건 당연한 일이잖아요. 부담 갖지 않으셔도 돼요."

"명호가 어떻게 되시는지 물어봐도 되겠습니까?"

"저는 청성의 한설아(韓雪霞)예요."

"아, 청성의 여협이셨군요. 미처 몰라 뵈었습니다."

운호가 새삼 한설아를 바라봤다.

청성파.

사천의 북부를 완벽하게 장악하고 있는 천무삼십팔맥 중의 하나.

문파에 소속된 무인의 숫자는 점창의 두 배에 달하고 절정을 넘어선 고수 또한 수십을 헤아린다고 들었다.

사천의 맹주.

사천을 장악하고 있는 문파 중 실질적으로 가장 강력하다고 알려진 문파가 바로 청성이다.

그러나 더욱 놀랄 일은 바로 그녀가 한설아란 이름을 가지고 있다는 것이다.

운호는 몰랐지만 한설아의 다른 이름은 바로 청성일미였다.

천하에서 가장 아름답다는 열 명의 여인을 일러 무림인들은 호천십미라 불렀는데, 한설아는 바로 그 십전 중 한 명이었다.

바닥에 쓰러졌다가 엉거주춤 일어선 문신들은 한설아의 입에서 청성이라는 말이 나오자 사람들 틈을 헤집고 정신없이 도망쳤다.

놈들은 사신을 본 것과 같은 표정이었다.

한설아의 뒤쪽에서 팔짱을 낀 채 구경하고 있는 청의무복 사내들이 혹시라도 따라올까 봐 각기 흩어져 그야말로 미친 듯이 도망쳤다.

그 모습을 보며 운호가 입맛을 다셨다.

자신에게는 절대고수처럼 행세하던 놈들이 청성이란 한마디에 정신줄을 놓고 도망치는 장면은 결코 유쾌한 것이 아니었다.

그럼에도 그는 곧 표정을 풀고 여인을 향해 허리를 숙였다.

주관적으로는 아니지만 어쨌든 객관적으로 봤을 때 그녀가 도운 것은 확실했으니 인사를 하는 것이 바람직했다.

더불어 청성 무인이라면 사천에서 벌어지고 있는 칠절문과 점창의 싸움에 촉각을 기울이고 있을 터였다.

그녀는 그가 원하는 정보를 가졌을 가능성이 컸다.

"도움을 받았으니 신세를 갚고 싶군요. 마침 저녁때가 되었으니 식사를 대접하고 싶은데 어떠시오?"

"그러고 싶지만 일행이 있어서요."

한설아는 슬그머니 뒤쪽에서 기다리는 사내들을 쳐다봤다.

그들은 마침 그녀에게 손짓하며 빨리 가자는 시늉을 하고 있는 중이었다.

운호는 사라져 가는 그녀의 모습을 물끄러미 바라보다가 천천히 발길을 돌렸다.

청성 사람들과 같이 식사를 했더라면 원하는 정보를 조금이나마 들을 수 있었을 텐데 워낙 순식간에 사라져 잡을 새도 없었다.

못 잡은 것이 아니라 안 잡은 거였지만 결과는 같으니 굳이 구분할 필요가 없었다.

강호 경험이 별로 없는 운호가 정보를 얻기 위해 유일하게 할 수 있는 것은 결국 객잔으로 가는 것뿐이었다.

저녁때가 지나 허기가 몰려왔기 때문에 걸음에 속도를 더해 객잔을 찾기 시작했다.

힘들게 찾을 필요는 없었다.

세 집 건너 하나가 객잔이었다.

부유한 도시에 가장 많은 것은 객잔과 주루, 그리고 노리개를 파는 상점이었으니 객잔은 지천에 깔려 있었다.

객잔들을 확인하며 길을 걷던 운호는 쉽게 걸음을 멈추지 못하고 계속해서 움직였다.

자공에서 가장 큰 객잔으로 들어가야겠다는 생각이 들었기 때문이다.

사람이 많으면 많을수록 정보를 얻기 쉽다는 판단이 그런 생각을 갖게 만들었다.

운호는 천인로를 가로지르며 계속 걷다 한순간 걸음을 멈췄다.

이게 객잔이 맞나 싶을 정도로 어마어마하게 커다란 객잔이 눈앞에 척 나타났기 때문이다.

천지객잔(天地客棧).

천지객잔은 자공에서 가장 큰 곳이 맞았다.

더군다나 음식마저 맛있기로 유명해서 사람들로 항상 들끓었으니 운호의 판단은 정확했다.

문제는 여기에서도 자리를 확보하기가 어렵다는 데 있었다.

이렇게 커다란 객잔에 빈자리가 없다는 것은 정말 어처구니없는 일이었지만 현실로 나타났으니 운호는 문가에 서서 자리가 나기를 기다려야 했다.

객잔의 점소이들은 운호가 들어섰어도 아는 체를 하지 않았다.

그럴 수밖에 없기도 했다.

사방에서 불러대는 손님들의 고함 때문에 그들은 정신을 차리지 못했다.

손님들은 꾸역꾸역 계속 들어와 빈자리를 찾기 위해 눈을 번뜩이고 있었으니 운호에게 관심을 갖는다는 건 어불성설이다.

풍현에서 당운영을 만났을 때와 비슷한 상황이었기에 운호는 자신도 모르게 슬그머니 미소를 지었다.

그녀를 떠올리자 지금 뭐 할까 하는 궁금증과 문득 보고 싶다는 생각이 한꺼번에 생겼다.

당운영의 환한 웃음은 언제나 마음을 밝게 만들어주었다.

그나저나 이러다가는 밥 먹는 것조차 힘들 것 같았다.

자리는 계속 나고 있었지만 먼저 대기하고 있던 자들이 선점을 했다.

이럴 시간이 없다.

운상은 자신이 오기를 학수고대하고 있을 텐데 언제까지 기다릴 수는 없었다.

그래서 그는 이 층으로 발길을 돌렸다.

객잔의 이 층은 부유층을 상대로 장사하기 때문에 음식 값이 무척 비싸다고 들었지만 지금은 그런 것을 따질 때가 아니었다.

이 층으로 올라서자 일 층과는 비교할 수 없는 쾌적감이 먼저 몰려왔다.

이래서 돈이 있어야 되는 모양이다.

점소이들이 아니라 예쁜 옷을 입은 소녀들이 시중을 들었고, 탁자의 배치도 훨씬 넓어 편하게 식사할 수 있도록 만들어놓았다.

더군다나 시끌벅적했던 일 층과는 다르게 손님들의 수준 때문인지 조용한 분위기에서 식사가 이루어지고 있었다.

하지만 이곳도 가득 찬 건 마찬가지였다.

다행히 구석에 빈자리가 하나 남아 있는 걸 찾아낸 운호는 빠르게 움직여 자리를 차지했다.

이곳에는 평상시에 먹던 소면과 만두가 없어 주문을 받으러 온 소녀에게 이 층에서 파는 음식 중 가장 싸고 맛있는 음식이 뭐냐고 물었다.

하지만 소녀는 그의 말을 듣지 못한 듯 얼빠진 얼굴로 운호만 바라볼 뿐이다.

천하의 미남자.

너무 잘생기고 멋진 것도 죄다.

심부름을 하는 소녀가 주문도 받지 않고 얼어 있었기 때문에 운호는 할 수 없이 옆 탁자에서 먹고 있는 걸 주문하고 말았다.

소녀가 돌아간 후에야 눈을 들어 천천히 장내를 확인할 수 있었다.

목적이 있으니 그 목적을 이루게 만들어줄 대상을 찾기 위해서다.

운호의 눈이 커진 건 충계 쪽에서 올라온 사람들을 확인했을 때다.

거기에는 한설아와 그의 동행으로 보이는 두 명의 청의무인이 막 계단을 올라와 자리를 찾기 위해서 두리번거리고 있었다.

원수는 외나무다리에서 만난다고 하더니.

물론 원수는 아니지만 운호는 그런 심정으로 그들을 향해 손을 번쩍 들었다.

혼자서 사인용 탁자를 차지했기 때문에 셋이 더 합석해도 자리가 부족하진 않다.

마침 그가 손을 드는 걸 본 소녀가 일행인 줄 알고 그녀를 탁자로 안내해 왔다.

처음에는 어리둥절하던 그녀와 일행은 운호를 확인하고서야 이해가 된다는 듯 표정을 풀었다.

그들이 다가오자 운호는 자리에서 일어나 정중하게 맞아

들였다.

"오늘 따라 손님들이 많아서 빈자리를 찾기 힘들 겁니다. 제가 사는 것이 부담된다면 같이 앉아 식사라도 하시지요."

"그렇지 않아도 오래 기다려야 될 것 같아 망설이던 중이었어요. 폐가 되지 않다면 그리할게요."

"폐라니요. 제가 오히려 고마울 따름입니다."

"그럼."

한설아가 가볍게 목례를 하고 앉자 나머지 사내들도 각자 자리를 차지하고 앉았다.

그들은 미리 정해놓기라도 한 듯 음식을 주문하고 엽차를 한 모금 마신 후에야 운호에게 시선을 주었다.

날카로운 정광.

한눈에 봐도 고수다.

특히 오른쪽에 앉아 있는 자는 내력마저 감출 정도여서 그 무력이 어느 정도인지 측정조차 되지 않았다.

두 사람 모두 삼십 전후로밖에 보이지 않았지만 대단한 기세를 숨기고 있었다.

"나는 청성의 백건이고 이 사람은 내 사제인 청수라 하오. 만나서 반갑소."

"저는 임호라고 합니다."

"그렇구려. 어쨌든 신세를 지게 돼서 미안하오."

"아니올시다."

운호가 겸양을 표하자 백건이 마주 고개를 끄덕인 후 입을 닫았다.

그리고 잠시 후 사제인 청수에게 뭔가 묻기 시작했다.

그들은 진명자라는 사람에 대해 의견을 주고받으며 심각한 표정을 짓고 있었는데 꽤나 중요한 사안인 모양이었다.

운호의 눈이 잠시 사내들의 얼굴을 쓸고 난 후 한설아에게로 향했다.

그녀는 무슨 생각을 하고 있는지 사내들의 대화에 끼어들지 않고 엽차만 홀짝홀짝 마시고 있었다.

대화를 끊는 것 같아 미안했지만 자신도 볼일이 있으니 언제까지 입을 닫고만 있을 수는 없었다.

그랬기에 한설아를 향해 슬그머니 말을 붙였다.

"자공에는 어인 일로 오셨습니까?"

"사문의 일로 왔어요. 말씀드릴 내용이 아니니 이해하시기를."

"별말씀을. 질문이 적절치 않았던 것 같습니다. 죄송합니다."

"아니에요."

운호의 정중한 사과에 그녀가 들고 있던 엽차 잔을 내려놓으며 미안한 표정을 지었다.

척 보면 안다. 얼굴만 예쁜 게 아니라 심성도 착한 여인이란 걸.

사람의 성격은 얼굴에서 만들어지는 표정에서 어느 정도 간파할 수 있다.

그녀가 만들어내는 표정은 어느 하나 나무랄 것 없을 정도로 착하고 순수했다.

더군다나 별빛 같은 눈은 그녀의 현명함을 단적으로 나타내 주는 증표였다.

운호의 얼굴에서 웃음을 떠오른 건 그녀의 성격을 확인한 후였다.

"그런데 소저, 한 가지 물어봐도 되겠습니까?"

"대답해 줄 수 있는 거라면 해드릴게요."

"칠절문과 점창의 싸움에 대해 알고 싶은데 가르쳐 줄 수 있는지 모르겠습니다."

"저는 많은 걸 알지 못해요."

"개략적인 거라도 말해주시오."

"아직 전면전이 시작되지 않은 걸로 알고 있어요."

"시간이 꽤 지났는데 아직도 싸움이 벌어지지 않았단 말이오?"

"글쎄요, 남의 싸움이라 자세한 내용은 알지 못하지만 사천에 들어온 점창무인들이 움직임을 멈췄다고 해요. 소문에는 당문과 싸움이 있었다고 하더군요."

"그건 나도 들었소. 그렇다면 점창무인들은 용화에 있는 거요?"

"용화에 있는 건 청문자가 이끄는 점창삼군이고 나머지 일군과 이군은 양문과 황수에 있다고 해요."

"아, 그렇구려."

"당문주를 만나러 청문자가 간양에 갔다는 얘기도 들리더군요."

"당문주를 왜?"

"협상 때문이죠. 당문이 막으면 점창은 칠절문을 칠 수 없으니 뭔가 제안을 해서 당문을 움직이지 못하게 만들 생각이겠죠?"

"음, 그렇다면 칠절문이 곧 움직이겠구려. 점창의 전력이 용화에 묶여 있으니 칠절문에게는 기회가 되겠죠."

뭐냐, 이 사람?

한설아의 머리에서 번뜩 떠오른 생각이다.

단 몇 마디에 상황을 정리하고 앞날에 대한 예측까지 흘러나왔기에 그녀의 눈이 반짝였다.

절대 흑사회 무리에게 겁박 받는 촌뜨기의 입에서 나올 말이 아니었기 때문이다.

막상 같이 앉아 대화를 해보자 진중한 성격에 상황 판단 또한 정확하다.

처음에는 자릿값을 하겠다는 생각으로 단순한 대답만 해었는데 점점 내용이 깊어지고 있었다.

한설아는 잠시 말을 멈추고 다시 운호의 전신을 천천히 살폈다.

한 치의 내기도 느껴지지 않는 걸 보면 내공이 없다는 뜻인데 이상하게 철벽을 보는 느낌이다.

완벽하게 기세를 갈무리한다는 절대고수의 이야기는 들어본 적이 있으나 이십 대 중반으로 보이는 사내가 그럴 리는 없을 터였다.

자신의 감각에 뭔가 문제가 생긴 모양이다.

이 사람이 너무 잘생겨서 그런가?

말도 안 되는 상상에 피식 웃음이 떠오르는 걸 억지로 참아야 했다.

어쨌든 뭔가 있는 사내다.

이야기의 주제는 칠절문과 점창의 싸움이지만 주로 점창에 관한 질문이 대부분이니 이 사람은 점창과 관련 있음이 분명했다.

"우리도 그렇게 생각하고 있어요. 칠절문의 부대가 이동 준비를 하는 걸 보면 선공을 취할 공산이 커요. 하지만 그들은 움직이지 못할지도 몰라요."

"그건 왜 그렇소?"

"점창마검이 그들의 후미를 괴롭히고 있기 때문이에요."

"점창마검이 누구요?"

"그는 며칠 만에 사천에서 가장 유명해진 사람이에요. 첫째날 유령단 십오 인 격살, 이틀 후 황룡단 격파, 사십삼 인

격살, 그다음 날 또다시 칠절문의 암천인 구룡단 사 인 피격 사살. 모두 그 사람 혼자 한 일이에요. 어때요? 대단하지 않나요?"

"그게 그렇게 대단한 거요?

"그럼요. 구룡단은 칠절문의 최정예 무인들인데 혼자서 격파했다니 정말 믿을 수가 없는 노릇이에요."

"설마 혼자 했겠소."

"칠절문은 지금 점창마검을 잡기 위해 전력을 기울이는 중이라고 해요. 소문에는 전왕이 직접 나섰다는 이야기도 나돌 정도니 아마 사실일 거예요."

"엄청난 사람인가 보오."

"우리도 깜짝 놀랐어요. 점창에 그 정도로 대단한 고수가 있다는 건 금시초문이거든요."

"그래도 그렇지, 점창의 전력이 이탈된 좋은 기회를 칠절문이 내버려 두겠소. 시간 싸움이 될 텐데?"

"점창마검의 무력은 칠절문 주력전투부대 두 개의 힘과 맞먹는 것으로 추정되고 있어요. 그런 자가 후방에 있다면 전면전을 치르기 힘들 거예요."

"그럴 수도 있겠구려."

운호가 고개를 끄덕여 수긍하자 한설아의 눈이 슬그머니 좁혀지기 시작했다.

어느 정도 자신의 욕심을 채웠는지 운호가 만족스런 표정을 짓고 있기 때문에 그녀의 말투는 지금까지와 다르게 살짝 높아졌다.

이번에는 그녀가 호기심을 풀 차례였다.

"자, 이제 말해보실래요? 왜 이런 것들이 궁금하죠?"

"나와 밀접한 관련이 있기 때문이오."

"밀접한 관련이라… 그게 뭔지 궁금하군요."

"소저가 말한 점창마검이 나를 지칭하는 것 같기 때문이오."

"뭐라고요!"

운호의 대답에 한설아가 황당한 표정을 지었다.

그것은 어느새 대화를 멈춘 채 두 사람의 이야기를 듣고 있던 청성무인들도 마찬가지였다.

점창에 대해 자꾸 물었기 때문에 점창과 관련이 있을 거라 생각은 했지만 자신이 마검이란다.

믿겨지지 않는 말을 접하면 사람은 잠시 당황하고, 곧이어 사실 여부를 알아보기 위해 신경을 곤두세우게 된다.

그들 역시 똑같은 행동을 하기 시작했다.

지금까지와는 완벽하게 다른 탐색.

그들이 들은 정보에 의하면 마검의 나이는 이십 대 중반 정도라 했으니 사내의 나이와 비슷하다.

마지막 싸움은 의빈 외곽에서 벌어진 구룡단과의 충돌이었다.

그 후 행방이 묘연해졌기 때문에 칠절문에서는 일곱이나 되는 경로를 뒤지느라 난리가 난 상태였다.

그중 한 경로가 이곳 자공이다.

따라서 마검이 자공에 나타난다고 해서 전혀 이상하다고 볼 수도 없는 일이다.

그러나 눈앞에 있는 사내는 몇 가지 미심쩍은 부분을 가지고 있었다.

첫째, 마지막 의빈 싸움에서 마검은 동료가 있는 것으로 알려졌는데 그는 지금 혼자였다.

둘째, 추적당하는 자가 이렇게 버젓이 나돌아 다니는 게 이해되지 않았다.

셋째, 고수의 눈으로 확인했음에도 아무런 내력이 느껴지지 않는다.

이것은 내력이 아예 없거나 내력을 완벽하게 갈무리했을 때 발생하는 현상이다.

아무리 마검이라 해도 젊은 나이에 이토록 완벽하게 숨긴다는 건 있을 수 없는 일이었다.

넷째, 마검은 황룡단의 사문두저진과 구룡단과의 대결에서 엄청난 부상을 당했는데 이자는 멀쩡하게 걸어 다닌다.

의심이 되는 가장 결정적인 부분이다.

말은 하지 않았지만 그들 셋이 운호를 바라보며 순식간에 공감대를 형성하며 분석한 내용이다.

그랬기에 인사만 하고 지금까지 말을 붙이지 않던 백건의 얼굴에 슬며시 불쾌한 기색이 떠올랐다.

"초면에 농담이 심하군. 우리에게 그런 거짓말을 하는 이유가 뭔가?"

"당신, 말이 짧아졌구려."

"나는 거짓말을 하고 다니는 하오배에겐 말을 올려주지 않는다."

"왜 거짓이라 생각하지?"

"마검은 중상을 입고 사라졌다. 지금쯤 그는 어딘가에서 상처를 치료하느라 움직이지도 못할 것이 분명한데 멀쩡한 모습으로 마검이라 사기를 치니 얼마나 가로소운가!"

"부상이라……. 그렇지. 부상을 입었지."

"끝까지 고집을 부리는구나. 아무것도 아닌 일을 이리 크게 키우는 이유가 뭐냐? 그만 조용히 하고 밥이나 먹어라."

마침 운호가 시킨 음식과 한설아 일행이 시킨 음식이 한꺼번에 소녀들의 손에 들려오는 걸 본 백건이 싸늘하게 고개를 돌렸다.

그는 운호를 시정잡배 취급하고 있었다.

서서히 시작된 분노가 머리 꼭짓점에서 빙글빙글 돌았으나 운호는 간신히 참아냈다.

음식을 앞에 두고 성질부리는 것처럼 멍청한 놈이 없기 때문이다.

"좋소. 배고프니 일단 식사 먼저 합시다. 그리고 나서 증명을 해주겠소."

서로 기분이 상했으니 식사가 즐거울 리 없다.

한설아는 자신의 질문이 이런 상황을 만들어냈다는 생각에 얼굴 가득 근심을 매단 채 젓가락을 놨다.

이야기를 나눌수록 얼굴만 잘생긴 사내가 아니란 걸 알 수 있었다.

내력이 느껴지지 않아 아쉬웠지만 무력만 갖춰진다면 천하의 기남자란 소리를 충분히 들을 수 있는 사내였다.

그런데 왜 거짓말을 한 걸까?

아무리 생각해도 이해가 되지 않는다.

사형인 백건은 청풍팔검에 속하는 절정의 무인이다.

무력으로 보면 그녀와 비교할 수 없는데 그마저 운호의 말을 거짓으로 판단하고 있다.

그 이야기는 사형마저 운호의 몸에서 어떠한 내기도 느끼지 못했다는 걸 의미했다.

"휴우."

자신도 모르게 한숨이 새어 나왔다.

그저 간단하게 농담이었다고 말하면 모든 게 해결된 텐데 운호는 고집을 꺾지 않고 버텼다.

도대체 뭘 믿고 그러는지 모르겠지만 만약 식사를 모두 마치고도 계속해서 시인하지 않는다면 성격이 대쪽 같은 사형들은 그를 그냥 두지 않을 가능성이 컸다.

　일이 더 커지기 전에 먼저 손을 써서 마무리를 하고 싶었다.

　"소협, 식사를 다 하셨나요?"

　"그렇소."

　"그럼 먼저 가세요. 저희는 시간이 더 필요할 것 같아요. 그리고 우리끼리 할 이야기도 있으니 자리를 비켜주시면 고맙겠어요."

　"내가 들으면 안 되는 이야기인 모양이오. 그렇지 않아도 일어서려 했소."

　"죄송해요. 먼저 오셨는데 무리한 부탁을 해서."

　"별말씀을."

　한설아가 정중하게 허리를 굽히자 운호가 마주 인사를 했다.

　그 모습을 백건이 서늘한 눈으로 지켜봤다.

　하지만 그는 한설아의 의중을 눈치채고 더 이상 시비를 걸지 않은 채 남은 음식을 먹었다.

　문제는 운호였다.

　이대로 떠나면 아무도 말릴 사람이 없을 텐데 그는 자리에서 일어난 채 움직이지 않았다.

　"증명을 하겠다고 말했으니 가기 전에 보여드리리다. 부상당한 걸 가지고 시비를 걸었으니 아무리 생각해 봐도 이 방법밖에 없는 것 같구려. 소저께서는 나의 무례함을 용서해 주시오."

운호는 말을 끝내고 천천히 자신의 상의를 벗었다.

남자가 상의를 벗는 시간은 그리 길지 않다.

그렇기에 한설아를 비롯해 청성의 무인들은 운호의 행동을 말리지 못했다.

미리 예상하고 있었다면 왜 말리지 못했겠는가.

하지만 운호의 행동은 부지불식간에 이루어진 일이고, 그다음 눈에 들어 온 충격적인 장면 때문에 그들은 아무런 행동도 할 수 없었다.

사내의 상체에 새겨진 수많은 상흔.

마치 몸에 지도를 그려놓은 것처럼 운호의 상체에는 수많은 상흔이 꿈틀거리고 있었다.

운호는 백건이 상처를 확인하는 걸 보고 천천히 옷을 입었다.

그리고는 옷매무새를 단정히 한 후 담담한 목소리로 입을 열었다.

"이걸로 의심이 풀렸으면 하오. 그대의 무례함은 한 소저의 도움을 감안해 참는 것으로 하겠소. 하나 다음에도 똑같은 실수를 한다면 그때는 당신들이 말한 마검이 얼마나 지독한 인간인지 똑똑히 알려주겠소."

용화.

청문자가 당문주를 만나기 위해 떠난 이틀 동안 당문의 정예와 점창삼군은 서로 진형을 만들어 대치하며 꼼짝하지 않았다.

회담의 결과에 따라 서로의 죽음을 원하게 될지도 모르기에 긴장과 침묵 속에서 시간을 보내는 중이었다.

막사에 운곡이 들어선 것은 저녁을 마치고 한참이 지난 술시 무렵이었다.

그곳에는 운청이 앉아 홀로 차를 마시고 있었다.

청문자가 자리를 비운 지금 점창삼군을 이끄는 사람은 점창십삼검의 운청이었다.

풍운대를 맡고 있는 운곡과는 같은 운자배를 써서 사형제 지간이었지만 나이로 따진다면 사숙이나 다름없는 사람이다.

"왔느냐. 앉거라."

"예, 사형."

"너도 들었겠지?"

"들었습니다."

"네 생각은 어떠냐?"

"운상이 놈들의 뒤에서 움직인 것 같습니다."

"운상의 무력이 그 정도로 강했단 말이냐?"

"소문에는 과장이 따른다고 봅니다. 아마 사실은 소문과 다를 것입니다."

"그렇겠지. 나도 그럴 것이라 생각은 하고 있다. 하지만 들어오는 정보가 너무 세밀해 믿지 않을 수도 없다. 그만큼 운상의 움직임이 강력했다는 것이겠지. 얼마나 놈들을 괴롭혔으면 마검이라는 명호까지 받았을까."

운청은 말하면서 기꺼운 웃음을 내보였다.

비록 이곳이 전장의 한가운데지만 멀리 사천의 한복판에서 점창의 이름을 드높이고 있는 사제를 생각하자 절로 웃음이 흘러나왔다.

그건 운곡도 마찬가지였다.

하지만 웃음은 그리 오래가지 않았다.

"서둘러야 합니다. 중상을 입었다고 하니 얼마 버티지 못할 겁니다."

"운호겠지?"

"그럴 거라 생각합니다. 구룡단과 싸울 때 두 명이었다고 하니 운상이 운호를 찾아낸 모양입니다."

"그렇다며 더욱 서둘러야겠다."

"그래도 괜찮을까요? 만약 협상이 깨지면 이곳도 험악한 싸움을 해야 될 텐데요."

"사숙께서는 무슨 일이 있어도 운호를 구하라는 명을 내리시고 떠나셨다. 내일이면 돌아오실 테니 걱정하지 말고 너희는 아침이 밝는 대로 움직여라."

"사형, 그렇다면 제가 둘만 데리고 가겠습니다. 나머지는 혹시 모르니 남기는 편이 좋을 듯합니다."

"셋이서 괜찮겠느냐?"

"염려 마십시오. 저희는 마검을 키워낸 풍운대 아닙니까."

운호는 미리 주문해 놓은 구운 오리고기를 봉투에 담아 의방으로 돌아왔다.

의방에서도 밥은 준다.

하지만 짜고 매운 음식을 배제하고 심심한 반찬만 나오기 때문에 먹기가 곤혹스러워 운상은 벌써부터 죽는소리를 하고 있었다.

그랬으니 손에 오리고기를 들고 온 운호는 그를 기쁘게 만들기에 충분했다.

"야, 이왕 가져오는 거 한 마리 더 해오지 그랬어!"

"인마, 그거 사니까 돈이 딱 떨어지더라."

"뭔 소리야? 내가 얼마나 돈을 많이 줬는데. 내 전낭에 있던 돈의 반이 넘어."

"은 다섯 냥이?"

"그게 얼마나 큰돈인데 다 써? 너 기루에 갔었냐?"

"밥만 먹고 왔어. 사정이 있어서 조금 비싼 데서 먹었지만 말이야."

"도대체 얼마나 비싼 집에서 먹었기에 한 끼 식사 값으로

은 다섯 냥을 날려?"

"사정이 있었다니까."

"그러니까 무슨 사정?"

운상의 닦달에 운호는 입맛을 다시며 저간의 사정을 설명해 줬다.

천인로에서 용 문신 편자를 만나 협박을 당한 일과 한설아의 도움을 받은 일, 그리고 천지객잔에서 있었던 일을 조목조목 말하자 운상의 입이 점점 벌어졌다.

"야, 분명 청성의 한설아라고 했지?"

"맞아. 자기 입으로 그렇게 말했어."

"인마, 너 그 여자가 누군지 몰라? 청성일미야. 못 들어봤어?"

"난 처음 들어보는 명호다."

운호가 뻔뻔한 얼굴로 대답하자 운상은 쪽쪽 빨아 먹던 마지막 다리뼈를 팽개치고 엉덩이를 밀어 바싹 다가왔다.

그는 눈 깜짝할 사이에 한 마리를 해치웠는데 아쉽다는 표정을 지우지도 않고 입을 열었다.

"안 예뻤어?"

"예뻤지. 그것도 무척."

"얼마나?"

"눈이 부시더라. 후광. 알지, 후광?"

"에잇! 그래서 나도 같이 가자고 했잖아. 그렇게 예쁜 여자를 이제 어디 가서 봐. 책임져!"

"얼씨구."

"이런 놈한테만 그런 여자들이 나타나는 이유가 뭐냐고. 나같이 성격 좋고 자상한 남자한테는 코빼기도 안 보이면서."

"너 살 만하냐?"

"왜?"

"이제 가야 되잖아."

"내일 아침이면 움직일 수 있을 것 같다."

"청문 사숙께서 용화로 돌아오시면 본격적인 싸움이 시작될 거야. 그전에 우린 조천을 우회해서 감락으로 가자."

"거긴 왜? 본진과 합류 안 해?"

"뒤로 돌면서 적의 후진을 치자고. 사천 남부를 횡단하면서 놈들의 후미를 박살 내는 거지. 그리 되면 앞뒤에서 압박을 당하게 될 테니 환장할 거다."

"이놈 이거 마검이란 명호를 얻더니 더욱 호전적으로 변하네."

"크하하!"

"어쭈? 웃음도 바뀌었어. 그게 마검다운 웃음이냐?"

"어때, 멋있어?"

"멋있긴 뭐가 멋있어? 촌스러움의 대명사다."

"자식, 부러운 모양이네."

"나에 대해선 전혀 말 안 해? 뭐 천검이라든가 폭멸검, 환우검 같은 이런 명호 안 지어주더냐고!"

3장

전면전

　용화궁(容華宮).

　화성에 있는 칠절문의 본단을 사람들은 용화궁이라 부른다.

　백여 채가 줄지어 늘어선 용화궁의 전각들은 화려함과 거리가 먼 대신 단순하면서도 웅장했다.

　건물의 배치나 구조는 칠절문의 주인 전왕 혁기명의 성품이 그대로 투영되어 호탕하면서도 직설적이었다.

　그 중심처의 한가운데 다섯 사람이 모여 있었다.

　칠절문의 최고 수뇌부.

　전왕과 총사 천수, 검절과 창절, 그리고 비각각주까지.

전위부대를 맡고 있는 수장들을 뺀 칠절문의 핵심들이 탁자를 사이에 두고 앉아 저녁을 먹는 중이었다.

단출하면서 정갈한 음식.

전왕은 틈날 때마다 이렇듯 측근들을 불러 식사를 하곤 했다.

하지만 오늘은 여느 때와 다르게 분위기가 무척 무거웠기 때문에 자리에 앉은 사람은 음식을 먹는 둥 마는 둥 했다.

"무기는 어떤가?"

"다른 데는 괜찮은데 팔이… 왼팔은 봉합했으나 신경이 모두 끊어져 회복이 불가능하다고 합니다."

"그럼 못쓴다는 뜻이군."

"구룡단주는 자신의 팔을 끊어주길 원하고 있습니다."

"음."

비각주의 대답에 전왕의 입에서 무거운 한숨이 새어 나왔다.

양무기의 생각이 무슨 뜻인지 너무나 잘 알기 때문이다.

무인으로 살아가기 위해서는 신경이 끊어진 왼팔은 반드시 잘라내야 한다.

자르지 않기 위해서는 언제 어디서든 즉시 대응할 수 있도록 왼팔을 항상 고정시켜야 되는데 그것은 잘라내는 것보다 훨씬 고통스러운 일이 될 터였다.

그렇다고 해서 자르는 것이 쉬운 일도 아니다.

팔을 자른다는 것은 지금까지 살아오면서 맞춰진 균형이 허물어지는 것을 의미했다.

그 균형을 다시 맞추기 위해서는 뼈를 깎는 노력과 시간이 필요하니 괴롭고 힘든 나날을 살아가야 한다.

하지만 팔을 자르면 무인으로 살 수는 있다.

그랬기에 전왕은 검미를 잔뜩 찌푸린 채 손가락을 쥐었다 폈다.

양무기의 의지가 마음속으로 다가왔기 때문이다.

운호에게 당한 구룡단주 양무기의 이야기가 나오자 좌중은 더욱 분위기가 무거워졌다.

양무기는 전왕의 유일한 직전 제자였고 차기 유력 후계자였기 때문에 사람들이 받아들이는 감정이 남달랐다.

그런 감정은 사람들의 표정에 고스란히 나타났는데 그것은 바로 분노였다.

그리고 그 분노는 전왕의 것이 가장 강했다.

"그놈이 원하는 대로 팔을 잘라줘라."

"많이 힘들 겁니다."

"어쩔 수 없는 것 아니냐. 목숨을 끊는 것보다는 낫겠지. 장부는 복수를 위해 평생을 산다고 했다. 놈도 그렇게 할 것이야."

"그리 조치하겠습니다."

비각주가 대답하고 입을 닫자 전왕의 눈이 천수를 향해 돌아갔다.

"총사."

"예, 문주님."

"놈은 찾았는가?"

"방금 들어온 정보에 의하면 자공에서 흔적을 찾아냈다고 합니다."

"그래?"

"아무래도 놈들은 그곳에서 상처를 치료한 것 같습니다. 다시 도주하게 되면 후미가 불안해지니 이번에 반드시 잡아야 합니다."

"누굴 보냈지?"

"귀수께서 십오천강과 함께 가셨습니다."

"구룡단이 당한 건 십오천강도 안 된다는 뜻이다. 귀수를 못 믿는 건 아니지만 놈에게 지원군이 있다면 그들마저 위험해질 수 있어."

"구룡단은 각개격파당한 것입니다. 정면 승부를 한다면 놈들을 잡을 수 있습니다."

"곡성에 있는 금월과 만도를 그쪽으로 가라고 해. 가서 귀수와 함께 확실히 죽이라고 전해."

"너무 과하십니다. 그리고 그들은 황수로 가서 청무자를 잡아야 합니다."

"내 말대로 해. 그들 대신 내가 청무자를 잡을 테니."

"그렇게까지⋯⋯."

"공격 시간은?"

"내일 오시로 잡았습니다. 황룡단과 선룡단을 황수로 진출시켜 상락지단과 함께 청무자를 치겠습니다. 추궁지단을 노리는 청명자는 현재 양문에 있습니다. 여기 계신 검절과 창절께서 나머지 주력을 이끌고 그자를 잡는 것으로 계획했습니다."

"괜찮군."

"예상외로 점창의 힘이 강해서 상당한 피해가 예상됩니다."

"그래도 놈들이 죽는 건 변하지 않는다."

"당연한 말씀이십니다. 당문을 끌어들이는 것은 실패했지만 다행히 청문자를 전장에서 빼냈으니 내일이면 운남은 우리 땅이 될 겁니다."

운호와 운상은 날이 밝자마자 짐을 싸서 의방을 나섰다.

비록 운상의 몸이 완쾌되지 않았지만 조금이라도 빨리 움직여 자공을 벗어날 필요성이 있었다.

한설아의 정보에 의하면 선룡단의 일대가 자공으로 들어와 자신들을 찾는다고 했다.

곧 추가적인 병력이 들어올지도 몰랐다.

그랬기에 그들은 곧장 시내를 벗어나 조천으로 방향을 잡고 신법을 펼쳤다.

감락으로 가는 경로에 설치된 칠절문의 조천지부를 깨뜨리고 우회하면서 권절이 수장으로 있는 감락지단의 외곽을 때릴 생각이다.

여기서 조천지부까지는 한 시진밖에 걸리지 않기 때문에 서두른다면 점심을 감락 근처에서 먹을 수도 있었다.

급격하게 신형을 날리던 운호의 몸이 새처럼 비상하면서 우회한 것은 실개천이 보이는 들판의 끝자락이었다.

자공을 벗어나면서부터 따르는 자들의 기척이 느껴졌는데 이제는 대놓고 따라오고 있었다.

운호와 운상은 우회해서 추적자의 앞을 가로막았다.

추적자는 운호가 불쑥 나타났음에도 전혀 당황하지 않는 얼굴이다.

"뭐요, 당신?"

"뭘 처음 보는 사람처럼 그러나. 계면쩍게."

"원래 거지들은 다 그리 뻔뻔하오?"

"얻어먹고 살려면 얼굴이 두꺼워야 되긴 하지."

"도대체 당신의 목적은 뭐요? 정보를 주는 척하면서 사지로 몰아넣더니 이렇게 불쑥 다시 나타나고."

"내가 준 정보는 사실이었네. 다만 구룡단이 그쪽으로 온다는 것을 몰랐을 뿐."

"웃기는 소리!"

"정말일세. 만약 내가 양다리를 거치고 있었다면 어떻게 다시 자네를 보러 왔겠나."

황만이 억울하다는 표정과 더불어 과장되게 몸짓, 손짓을 해대자 옆에 있던 운상의 인상이 점점 더 일그러졌다.

그는 이미 충분히 열 받은 얼굴이었다.

"여보쇼, 거지 선생."

"거지는 선생이 없다네."

"당신, 죽고 싶어? 우리가 물로 보이는 모양인데, 사람 잘 못 봤다는 걸 가르쳐 주지. 어디부터 잘라줄까?"

"이보게, 검은 집어넣지 그래. 난 정말 호의로 왔다니까!"

운상이 슬쩍 검을 꺼내 들자 황만이 급하게 손사래를 치며 두 걸음이나 물러섰다.

그는 적의에도 전혀 반응하지 않았기에 검을 든 운상의 손을 부끄럽게 만들었다.

운호가 나선 것은 황만이 슬금슬금 물러나며 거리를 확보했기 때문이다.

수틀리면 바로 튈 기세였다.

여기서 개방의 거지를 잡는다고 해서 얻는 것이 없으니 도주하기 전에 용건부터 알아볼 필요성이 있었다.

"좋소. 그래, 왜 온 거요?"

"자네들에게 정보를 주려고 왔네."

"이번에도 이중 정보요?"

"내 목숨을 걸고 보증하지. 이전에도 그랬지만 이번 역시 절대 아닐세."

"그렇다면 들어나 봅시다. 도대체 무슨 정보요?"

"칠절문이 오늘 대대적인 공세를 펼칠 거란 정보가 들어왔네."

"정말이오?"

"우리 정보에 따르면 화성에 있는 칠절문 본단 병력이 전왕을 필두로 모두 출발했어. 청문자가 용화에 발이 묶인 걸 기화로 공격할 계획이 분명하네."

"전왕이 직접 나왔단 말이오? 그는 어디로 갔소?"

"황수, 청무자가 있는 곳이지. 그곳으로 전왕을 비롯해 선룡단과 황룡단이 가고 있네. 거기다 권절이 감락지단을 이끌고 합세하기 위해 출발했으니 이대로라면 청무자는 절대 버티지 못할 걸세."

황만의 설명에 운호와 운상의 얼굴이 흙빛으로 변했다.

권절의 감락지단이 움직였다는 것은 여기서 끝장을 보겠다는 칠절문의 의지를 나타내는 것이다.

청문자의 부재를 노린 집중 파괴 전략이다.

"그렇다면 양문으로는 누가 갔소?"

"검절과 창절이 움직였네. 그쪽에는 나머지 칠절문의 사개 전투부대가 모두 집결되었지."

"으……."

"그래도 그쪽은 좀 나은 편이야. 황수에 비하면 말이지. 하여간 청문자의 부재로 인해 점창은 엄청난 피해를 볼 수밖에 없을 거야."

"이런 사실을 우리에게 가르쳐 주는 이유는?"

"점창이 칠절문의 오만을 꺾어주길 바라기 때문일세."

"왜?"

"이유는 나중에 말해주지."

"그렇다면 믿지 못하겠는데……."

"나는 할 이야기를 모두 다 했네. 믿고 안 믿고는 자네들에 달렸다네."

"흥!"

"아, 그리고 마지막 한 가지 더. 자네들을 잡기 위해 칠절 중 무려 셋이 나섰네. 특수타격병기라는 십오천강과 함께 말이지. 아마 지금쯤 여기 어딘가까지 와 있을지도 모르겠군. 그러니 몸조심하도록."

정말 마지막이었던 모양이다.

황만은 말을 마치자마자 지체 없이 곧장 왔던 역방향으로 신형을 날렸다.

신법의 운용이 마치 허공에서 유연하게 선회하는 매의 모습과 닮았다.

그리고 그 속도 또한 번개를 무색할 정도로 빨라 금방 시야에서 사라져 버렸다.

단순한 거지가 아니란 걸 알았지만 저 정도로 뛰어난 신법을 지녔다고는 생각지 못했기에 운호와 운상은 황당한 얼굴로 서로의 얼굴을 쳐다봤다.

"저 거지, 믿을 수 있을까?"

"나도 칠절문이 움직일 거란 생각은 하고 있었다. 그런데 너무 빠르군."

"운호야, 어떡하지?"

"전면전이 시작되면 기습작전은 의미가 없어진다. 우리도 참전을 해야 될 것 같다. 일군은 무정현 싸움에서 피해를 입었기 때문에 전력이 약해져 있어. 그러니 우리는 황수로 간다."

"황수라면 여기서 두 시진이 조금 넘는 거리야."

"신웅 쓸 수 있을까?"

"자공으로 다시 돌아가면 쓸 수 있어."

"그럼 가자. 사숙들께서는 이 사실을 모를 테니 빨리 연락부터 해줘야겠다."

"거지 얘기 못 들었어? 자공으로 삼절이 십오천강인가 뭔가 하고 같이 들어왔다는 말. 놈들 만나면 연락이고 뭐고 우리마저 위험해질 수 있단 말이다."

"그래도 무조건 연락을 해야 하니 위험을 감수할 수밖에."

운호의 눈이 번뜩였다.

한 번 결정하면 후회하지 않는 성격을 가졌고 밀어붙이는 결단력도 남다르다.

그랬기에 그는 즉시 방향을 틀어 자공으로 돌아가기 시작했다.

운청은 날이 밝아 떠나기 위해 인사를 온 운곡에게 한 장의 서신을 내밀며 고개를 끄덕였다.

읽어보라는 시늉.

운곡은 의아한 시선으로 서신을 받아 들고 천천히 읽기 시작했다.

운곡의 표정은 시시각각 변하다 마지막에 가서는 원래의 표정으로 돌아왔다.

서신을 내려놓은 그의 눈이 운청을 향했으나 말을 꺼내지는 않았다.

먼저 운청이 입을 열 때까지 기다리겠다는 자세다.

"운곡, 아무래도 네가 운호를 찾기는 어려울 것 같구나."

"상황이 이리 변했으니 어쩔 수가 없군요. 하지만 운호는 반드시 찾아야 하니 운여라도 보냈으면 합니다."

"네 생각이 정 그렇다면 그렇게 해라. 너희가 출발하기 전에 전서가 도착해서 그나마 다행이구나."

"당문이 막으면 어쩔 생각이십니까?"

"사숙께서는 당문이 막지 않을 거라 하셨다."

"협의가 되었다는 뜻이군요. 혹시 사형께서도 짐작하고 계셨습니까?"

"짐작이라기보단 언질을 받아놓은 게 있었다. 사숙께서는 그자들의 움직임을 예측하고 그에 대한 대비책을 마련해 놓으셨다."

"돌아오고 계시겠지요?"

"직접 황수로 오실 거다."

"천수의 의중을 정확하게 꿰뚫고 계셨으니 청문 사숙의 안목에 놀라울 뿐입니다."

"나도 그렇게 생각한다."

"그럼 출발은 언제 할 생각이십니까?"

"시간 싸움이니 반 시진을 넘으면 안 된다. 중간에 쉬지 못할 테니 그 시간 내에 식사를 모두 마치고 출발 준비를 마치도록."

"알겠습니다. 그리 준비하겠습니다."

당운영은 점창무인들이 사라진 언덕을 한동안 바라보다가 천천히 뒤돌아섰다.

그녀의 뒤쪽에는 당문에서 비밀병기로 키워진 칠비가 모두 서 있었는데 그들은 착잡한 마음을 숨기지 못한 채 자리를 뜨지 못하고 있었다.

당문의 구성원은 한 다리만 건너면 형동생이 된다.

풍운대에 당한 사람 중에 그들과 인척 관계에 있는 사람들도 꽤 있었다.

당연히 복수를 해야 했지만 어른들은 점창이 떠나는 것을 막지 말라고 했다.

결국 막지 못한 채 그들이 떠나는 장면을 지켜보자니 열불이 솟구쳐 몸이 움찔거려 온전하게 서 있지 못할 지경이었다.

물론 이러한 결과들이 칠절문의 계책에 의한 것이란 걸 알고 있었으나 그렇다고 해서 벌어진 혈육의 죽음이 덮어지는 것은 아니다.

보복을 할 수만 있다면 당장이라도 검을 뽑고 싶은 게 그들의 공통된 마음이었다.

당운영이 천천히 걸음을 옮겨 호면을 쓴 사내의 옆으로 다가간 것은 점창무인들의 신형이 완전히 능선을 넘어 보이지 않을 때였다.

"오라버니! 저들을 그냥 보내주는 이유가 뭔지 알아요?"

"청문자가 신검합일의 경지를 보여주었다. 백대고수에도 포함되지 못하던 청문자가 신검합일의 경지를 내보이다니 진정으로 놀라운 일이다. 점창을 보내준 것은 그런 이유들이 복합적으로 작용하지 않았겠느냐."

"그래서, 청문자의 무력 때문에 고개를 숙였다는 뜻이에요?"

"아니지. 그건 아니다. 점창의 무력이 예상을 훨씬 뛰어넘고 청문자의 신위가 절정의 끝을 보였으나 당문이 가지고 있는 힘을 모두 가동하면 능히 꺾을 수 있다. 하지만 그들을 죽이기 위해서는 당문도 엄청난 피를 봐야겠지. 그래서 문주께서는 고민에 고민을 거듭하신 끝에 피를 보지 않고 원하는 것을 얻는 결정을 내리셨을 거다."

"어떤 결정?"

"청문자가 내민 협상 조건을 받아들이신 게지."

"오라버니는 그 협상 조건이 뭔지 알아요?"

"사천 양도."

"설마요. 점창이 목숨 걸고 얻은 것을 두고 그냥 물러설까요?"

"그런 조건이 아니면 협상이 되지 않는다. 욕심을 부리면 운남까지 잃게 될 테니 점창 역시 선택의 여지가 없었을 것이다."

당문혁의 대답에 그녀가 코끝을 가볍게 찡그렸다가 폈다.

잠깐의 판단만으로도 충분히 가능한 일이라는 걸 인식했기 때문이다.

그래선지 그녀는 곧바로 다른 질문을 던졌다.

"점창도 떠났고 우리만 덩그러니 남았어요. 이제 우리도 떠나야 되는 거 아니에요?"

"그래야겠지."

"황수 싸움 말이에요. 이번엔 정말 끝장을 보는 싸움이 벌어질 텐데 정말 으슬으슬 떨릴 정도로 긴장되지 않아요?"

"문파의 멸망을 두고 전면전을 쉽게 벌일 수는 없는 법. 아마 적당 선에서 타협할 가능성이 크다. 문주님께서도 적당한 선의 이득을 생각하셨을 거야."

"고개를 숙여야 하는 것은 원인을 제공한 칠절문이에요. 그들이 양보하지 않는다면 결국 전면전이 벌어지게 될 거에요."

"그리 되면 황수에 피가 흘러넘치겠지. 우리가 얻는 것도 많아질 테고."

"그러니까요. 만약 싸움이 벌어지면 엄청난 격돌이 벌어질 텐데, 오라버니는 궁금하지 않아요? 천뢰삼십이수를 단숨에 격파한 풍운대. 그들이 어느 정돈지 눈으로 보고 싶어 나는 미칠 지경이에요."

"고민하게 만들지 마라."

"고민은 무슨. 점창과 칠절문이 생사를 건 격돌을 벌일 수도 있는데 망설인다는 게 말이나 돼요? 억만금을 주고도 못 볼 구경이잖아요."

"어르신들이 알면 분명 화내실 거다. 자칫 잘못 끼어들게 된다면 일이 복잡해져."

"그러니까 모르게 가야죠. 다른 오라버니들은 빼고 우리 둘만 가면 괜찮을 거예요. 나중에 걸려도 말하기 좋고. 정찰하러 갔다고 하면 되지 않겠어요?"

"운영아, 너 뭐 나한테 숨기는 거 있냐?"

"숨기긴 뭘 숨겨요?"

"아무래도 너 하는 행동이 수상해서 그래. 그냥 단순하게 싸움 구경 가자는 게 아닌 것 같아서."

"그런 거 없어요."

단호한 부정.

그녀는 당문혁의 눈빛을 버텨내며 천천히 몸을 돌렸다.

꽤 그럴듯한 핑계를 만들어냈으나 그녀의 마음속에 담겨 있는 것은 오직 운호뿐이었다.

유령단의 공격에도 치명상을 입어야 했던 운호의 존재가 가슴을 답답하게 만들고 있었다.

전면전의 한가운데 있다면 도와주기 어렵다.

자칫 싸움에 말려들게 되면 가문 어른들의 걱정처럼 불씨가 엉뚱하게 당문으로 튈 가능성이 크다.

그럼에도 그녀는 가고 싶었다.

한 가닥 희망의 끝을 붙잡을 수만 있다면 그를 구하고 싶었다.

전왕 혁기명은 천수와 함께 말머리를 나란히 한 채 황수의 들판으로 나아갔다.

그의 뒤로는 황룡단과 선룡단이 따랐고, 이백에 달하는 감락지단이 권절의 지휘 하에 황수를 봉쇄했다.

인원으로 따지면 사백에 달했고, 전왕과 권절을 비롯해 금마수와 자웅검 엽문까지 참전했으며 살아남은 구룡단도 보였다.

전서에 의하면 운호를 찾지 못한 삼절과 십오천강까지 이곳 황수로 오고 있다 하니 청무자의 일군을 잡기 위해 가동된 칠절문의 전력은 육 할이 넘는다.

황수의 지형은 앞으로는 지천강이 흐르고 뒤로는 인추산이 병풍처럼 둘러쳐져 있다.

강과 인추산 사이에는 삼백여 장에 달하는 분지가 자리 잡고 있었는데 점창의 무인들이 군막을 친 곳이 바로 그 분지이기 때문에 전왕은 서서히 고삐에 힘을 가해 말을 멈추었다.

"천수."

"예, 문주님."

"자네 뜻대로 되지 않은 것 같구나."

"그래 보이는군요."

전왕의 시선을 따라 점창무인들을 확인한 천수의 입에서 덤덤한 대답이 흘러나왔다.

정면에 보이는 점창무인의 숫자는 백에 달했다.

뭔가 잘못된 것이 분명했음에도 그의 음성은 평상시와 조금도 변하지 않았다.

그것은 전왕도 마찬가지였다.

"청문자도 왔을까?"

"용화의 삼군이 이곳으로 왔다면 우리의 의도를 알고 있었다는 뜻이 되니 와 있을 가능성이 큽니다. 당문하고도 협의가 되었겠지요."

"새끼들, 머리가 꽤 돌아가네."

"우리가 문을 나서 이곳에 오기까지 불과 한 시진 반 정도밖에 걸리지 않았습니다. 우리의 출발을 신응들이 안 후에 연락을 취했다면 용화에 있던 병력은 시간을 맞추지 못했을 겁니다."

"그러니까 말이야."

"아마 청문자가 여우의 잔꾀를 지닌 모양입니다."

"하긴, 오래된 생강이 매운 법이지."

"어쩌실 생각이신지요? 청무자와 청문자가 합쳤으니 계책은 틀어졌습니다. 그렇다면 굳이 공격할 필요가 있겠습니까?"

"푸하하! 천수, 돌아가잔 말이냐?"

"점창의 무력이 우리가 예상한 것보다 강합니다. 정면으로 부딪치면 문의 피해가 엄청날 겁니다. 자칫 양패구상으로 몰릴 수도 있습니다."

"천수, 자네도 알다시피 나는 자식이 없다. 나이도 육십이 넘어 이제 슬슬 기력도 떨어진다. 그런 내가 왜 운남을 먹겠다고 설친 줄 알아?"

"그거야… 제 생각이 틀린 모양이군요. 문주님의 의중이 뭔지 모르고 있었으니 저도 죽을 때가 된 모양입니다."

대답하려던 천수가 깊숙이 가라앉은 전왕의 눈을 확인하고 천천히 웃음을 피워 올렸다.

자신은 운남 공략을 통해 칠절문의 위세를 키우겠다는 생각만 하고 있었다. 그런데 전왕의 눈을 확인하자 그의 진정한 목적은 그게 아닐지도 모른다는 생각이 번뜩 들었다.

그리고 조금 후 그 목적을 찾아낸 천수는 웃음을 담은 채 입을 닫아버렸다.

그런 천수를 바라보며 전왕 역시 빙그레 웃음을 지었다.

역시 사천의 여우라 불리는 천수다.

여기에 와서야 처음으로 자신의 속마음을 보였는데 금방 알아채고 입을 닫으니 천수의 머리는 정말 뚜껑을 열어보고 싶을 정도로 대단하다.

"한평생 무인으로 살아왔으나 결국 사천의 일각에서 머물 수밖에 없었다. 자네 말대로 여기서 돌아서면 칠절문은 살릴 수 있겠지. 제자들의 목숨을 태반은 잃게 되는 이 싸움을 점창 역시 원하지는 않을 테니 적당히 명분만 만들어주면 저들은 산으로 돌아갈 것이다."

"분명 그럴 겁니다."

"그래, 그런데 내가 싫어. 마지막 용기를 내어 꺼낸 칼이다. 그런데 어찌 그냥 집어넣을 수 있겠는가. 시작하지 않았으면 모를까, 여기까지 왔으니 나는 저들과 끝장을 보겠다. 여기서 물러나면 평생을 후회하며 살 것 같구나."

"이길 수 있겠습니까?"

"반의 확률이다. 점창의 힘이 이 정도로 대단할 줄은 몰랐지만 결국 저들은 여기서 죽는다."

"지면 끝이지만 이겨도 앞날은 험난해질 겁니다."

"당문은 그렇게 빨리 움직이지 못한다. 우리가 이렇게 끝장을 본다는 것도 생각하지 못했을 테니까."

"하여튼 제가 문주님께 밉보였던 모양입니다."

"무슨 소리야?"

"죽을지도 모르는 자리로 데려오셨으니 말입니다. 적당히 아부도 하고 그랬다면 무공이 없는 저를 여기에 데려오진 않으셨겠지요."

"쯧쯧, 그럼 지금이라도 가든가."

"그럴 수는 없지요. 분명 죽으면 저승에서 다시 만날 텐데 그 원망을 듣긴 싫습니다. 문주님 성격상 한 번 하고 끝내지는 않을 테니까 말입니다."

"푸하하하!"

천수의 대답에 전왕의 입에서 호탕한 웃음이 흘러나왔다.

이십여 년간 자신의 머리가 되어 함께 살아온 천수.

그의 농담이 농담으로 들리지 않은 것은 그가 자신의 분신처럼 여겨졌기 때문이다.

"많이도 왔구나."

"전왕의 독문 표식이 보입니다. 대충 훑어보니 선룡단과 황룡단, 그리고 칠절문 세력 중 가장 강하다는 감락지단이 왔군요."

청무자가 앞을 길게 가로막은 채 멈춰 선 칠절문의 병력을 확인하고 지나가는 말로 입을 열자 뒤에 서 있던 운풍이 지체 없이 적진을 분석해 왔다.

청무자의 뒤에는 점창십삼검 중 여섯이 서 있었는데 용화에 있던 운청과 운일, 운보의 모습도 보였다.

운청은 삼군을 이끌고 전력으로 달려왔기 때문에 온몸이 뽀얗게 먼지로 뒤덮여 있었다.

"청문은 아직 소식이 없느냐?"

"지금 오고 계시는 중일 겁니다."

"당문을 잘 해결해서 다행이다. 그렇지 않았다면 무척이나 어려웠을 텐데."

"사숙께서 직접 검을 빼셨습니다. 그들은 사숙의 신위에 눌려 협상에 응했습니다."

"클클, 그랬을 테지."

운청의 대답에 청무자는 기분 좋은 웃음을 얼굴에 매달았다.

천하의 당문이라도 극성에 달한 회풍을 본 이상 오줌을 지릴 수밖에 없었을 것이다.

하지만 그는 곧 웃음을 지우고 머리를 좌우로 꺾으며 칠절문의 병력을 살폈다.

간격은 백오십 장.

적들은 무슨 생각인지 거리를 유지한 채 움직이지 않고 있었다.

운풍이 대답하지 않았어도 이곳에 온 칠절문의 병력은 한눈에 알아봤다.

대충 계산해도 전왕까지 왔으니 칠절문 전력의 육 할은 훨씬 넘는다고 봐야 했다.

문제는 살아남은 칠절의 행방인데 만약 권절을 제외한 나머지가 이군 쪽으로 갔다면 사형인 청명자는 험악한 싸움을 벌여야만 한다.

정말 우려스러운 일이 아닐 수 없었다.

그러나 그 우려를 덜어준 것은 용화에서 달려온 운청이었다.

그는 적진을 살피는 청무자의 등 뒤에서 슬그머니 입을 열었는데 뭔가 불안한 모습이었다.

"사숙께 드릴 말씀이 있습니다."

"뭐냐?"

"제가 황수로 오기 전 풍운대를 양문으로 보냈습니다. 아무래도 그쪽이 불안해서 제 독단으로 그리 했습니다."

"정말이냐? 잘했다!"

얼굴을 찡그리고 있던 청무자가 반색하며 칭찬하자 불안

하게 입을 열었던 운청의 얼굴이 그때서야 펴졌다.

풍운대의 양문행을 결정하면서 꽤나 고민을 하고 있었던 모양이다.

"전부 가지는 못했습니다. 풍운대 중 셋이 빠졌고 다섯만 양문으로 갔습니다."

"운호를 찾으러 갔느냐?"

"예, 그렇습니다. 의빈에서 사라졌다고 했으니 운여보고 그쪽을 확인하라 시켰습니다."

"그것도 잘한 일이다. 네가 청문 사제가 없는 동안 일 처리를 잘했구나. 고맙다."

"아닙니다. 과분한 칭찬이십니다."

고개를 조아리는 운청을 기꺼운 얼굴로 지켜보던 청무자는 서서히 진형을 변화시키는 적 진형을 확인하고는 급격히 안색을 굳혔다.

적의 진형이 공격 대형으로 변화하고 있었기 때문이다.

"저자들이 정녕 끝을 볼 생각인 모양이군."

"아직도 점창의 힘을 얕보는 것 같습니다."

"잘못한 놈이 잘못을 인정하지 않는다면 끝장을 볼 수밖에 없겠지. 그럼에도 전왕과 천수의 생각이 읽혀지지 않는구나. 예전의 점창이라도 전면전을 벌인다면 칠절문은 온전하지 못했을 텐데 하물며 지금의 점창과 끝장을 보려 하다니 진정 이해되지 않는 일이다."

"이길 수 있다는 생각을 가지고 있기 때문이겠지요. 놈들의 운남 공략은 그런 배경에서 생겼으니 아직도 그 환상에서 깨어나지 못하는 것이 분명합니다."

"정녕 그렇다면 이곳 황수가 칠절문의 무덤이 될 것이다. 적들이 움직였으니 우리도 준비하도록."

"예, 사숙."

시퍼렇게 변한 눈빛.

적들을 노려보는 청무자의 눈은 어느새 시퍼렇게 변해 번질거리고 있었다.

청무자의 지시에 운풍이 머리를 숙이자 나머지 십삼검이 동시에 예를 표한 후 각자의 자리로 돌아가기 위해 몸을 돌렸다.

공중에서 두 개의 신형이 그림자처럼 떨어져 내린 것은 바로 그때였다.

"사숙, 그동안 강녕하셨습니까!"

운호와 운상이 갑자기 나타나 인사를 하자 전막을 나서려던 사람들은 물론이고 청무자까지 놀람을 숨기지 못한 채 눈을 부릅떴다.

전혀 예상치 못한 출현.

목숨이 경각에 달할 정도로 커다란 부상을 입었다고 들었는데 갑자기 이곳에 나타났으니 놀라지 않는 것이 더 이상한 일이다.

운호와 운상은 얼마나 급히 달려왔는지 검은 무복이 희뿌옇게 변할 정도로 먼지를 잔뜩 뒤집어쓴 상태였다.

그런 그들을 향해 청무자의 눈이 번뜩였다.

"어떻게 된 일이냐?"

"의빈에서 벗어나 자공에 있다가 칠절문이 공격한다는 소식을 듣고 달려오는 길입니다."

"누가?"

"개방이었습니다."

"개방이 너희에게 정보를 줬단 말이냐?"

"뭔가 이유가 있는 것 같았습니다. 일이 끝나면 제대로 알아볼 필요가 있습니다."

"흐음. 상처를 입었다 들었는데 괜찮은 게냐?"

"치료를 해서 많이 좋아졌습니다. 싸우는 데 지장이 있을 정도는 아닙니다."

운상이 부정했으나 청무자는 그의 전신을 스윽 살핀 후 검미를 찡그렸다.

고수의 눈은 이처럼 예리하다.

상처가 미처 회복되지 않은 상태에서 먼 거리를 전력으로 달려왔기 때문에 기의 흐름이 원활치 않았는데 청무자가 그것을 단박에 알아본 것이다.

"자세한 이야기를 들어보고 싶지만 나중에 해야겠다. 적들이 공격할 생각인 모양이니 너는 운호를 데리고 뒤쪽으로 빠져 있어라."

"무슨 말씀이신지?"

"너는 다쳤고 운호는 전장에 참여해도 도움이 되지 않는다. 그러니 멀찍이 떨어져 있으란 말이다."

"사숙, 저희는 싸울 수 있습니다."

"두말하지 않게 하라. 너는 최대한 멀리 벗어나 운호가 다치지 않도록 보호해야 된다."

청무자가 말을 끊자 그동안 조리 있게 대답하던 운상이 당황한 표정을 지었다.

청무자가 지체 없이 전막을 나섰기에 운상은 더 이상 어떤 말도 붙일 수가 없었다.

삼 대로 나뉜 점창부대에는 각 대에 십삼검 중 셋이 배치되었는데 그들의 임무는 오행진을 이끄는 수두 역할이었다.

즉, 다섯이 하나가 되는 오행진 사이에서 오행진의 약점을 보완하고 적의 예봉을 꺾어 위험을 감소시키는 것이 바로 수두의 임무였다.

점창무인들은 적들의 부대가 움직이며 서서히 압박해 들어오자 오행진을 가동시켜 방어 태세를 갖추고 적을 기다리는 중이었다.

선두에 선 것은 운풍이 수두로 있는 세 개의 오행진이었다.

차기 점창장문인으로 내정되어 있는 운풍은 분광과 회풍의 경지가 청무자에 육박할 만큼 강력한 무력을 지니고 있어 선봉 역할을 하기에 부족함이 없었다.

오행진의 삼 보 앞에서 다가오는 적들을 바라보는 운풍의 기세는 산악을 연상시킬 만큼 장중했다.

운청은 천천히 다가오는 적을 바라보며 고개를 좌우로 꺾었다.

아마 긴장을 풀기 위한 것 같았다.

제일 끝에 있는 후미였기 때문에 적을 맞아들이는 것도 가장 늦다.

그는 고개를 바로 한 후 아직 떠나지 않고 있는 운상과 운호를 향해 어색한 웃음을 내보였다.

아직 적과의 거리는 백 장이 넘기 때문에 시간상 여유는 남아 있는 상태지만 조금이라도 빨리 떠나는 것이 옳은 일이었다.

물론 떠나기 싫어하는 사제들의 마음을 모르는 것이 아니나 떠날 사람은 떠나야 한다.

"운상! 얼른 가라. 사숙의 말씀이 옳다."

"가긴 어딜 가란 말씀입니까. 저희만 살자고 도망갈 수는 없습니다."

"다친 몸으로 무슨 싸움을 한단 말이냐?"

"그렇지 않습니다. 워낙 먼 길을 달려오느라 기가 잠깐 흐트러졌는데 그것 때문에 그러시는 것 같습니다. 보십시오. 지금은 괜찮지 않습니까. 싸우는 데 지장 없으니 걱정하지 마십시오."

"그만해라. 사숙께서는 너희가 다치는 걸 원하시지 않는다."

"사형제가 모두 죽음을 앞에 두고 싸우는데 그게 무슨 말씀입니까. 우리는 못 갑니다."

"가야 한다. 운호가 낙오되었다는 소리를 듣고 청문 사숙께서는 잠도 못 주무실 정도로 괴로워하셨다. 오죽하면 풍운대의 임무를 제쳐놓고 운호를 찾으라 명하셨겠느냐. 운호는 내공이 없으니 전장에 가담하는 순간 목숨을 부지하기 힘들 것이다. 그것은 청무 사숙도, 청문 사숙도 바라는 바가 아니다. 너는 운호가 무사할 수 있도록 보호해야 한단 말이다."

"무슨 말씀인지 잘 압니다. 하지만 사형, 운호는 여기에 있어야 합니다."

"어허, 그렇게 말해도!"

"사형, 마검이 나타났다는 소문을 혹시 들으셨습니까?"

"들었다. 칠절의 동부 세력을 박살 냈다는 소문이 사천에 자자하게 퍼졌으니 어찌 못 들었겠느냐. 나는 네가 정말 자랑스러웠다."

"자랑스럽다니요?"

"점창마검이란 명호는 거저 얻어지는 것이 아니다."

"제가 아닙니다."

"무슨 말이냐?"

"마검은 제가 아니라 운호란 말입니다!"

당운영과 당문혁은 점창과 칠절문의 무인들이 대치하고 있는 분지가 한눈에 내려다보이는 인추산의 능선에서 양 진영의 움직임을 관찰하고 있었다.

그들은 안면을 벗고 본래의 모습으로 돌아가 있었는데, 당문혁은 삼십 초반의 호남형 얼굴을 지닌 사내였다.

분지를 병풍처럼 두른 인추산의 능선 곳곳에는 수많은 무인이 전장의 추이를 지켜보며 싸움이 벌어지기를 기다리고 있었다.

인추산만 그런 게 아니었다.

지천강을 따라 형성된 둑의 곳곳에도 수많은 무인이 숨을 죽인 채 모습을 숨기고 있었다.

강호에는 언제나 피를 부르는 싸움이 벌어지지만 이처럼 대규모의 전투는 최근 십여 년 동안 일어난 적이 없었다.

더군다나 천하를 넘보며 한 지역을 호령하는 패주들의 대결이니 무림의 관심은 극에 달한 상태였다.

점창이 산에서 내려온 그 순간부터 천하의 이목은 양측의 움직임을 주시하고 있었다. 그렇기에 전격적인 칠절문의 공격에도 이처럼 많은 무림인이 둘의 격돌을 지켜보기 위해 황수로 몰려들 수 있었다.

싸움이 끝난 후 이득을 보기 위한 자도 분명 있겠지만 대부분의 무인은 호기심을 채우기 위해서였다.

목숨이 위험해질 수 있다는 것을 알면서도 한 치의 주저함도 없이 황수로 온 자들.

그래서 그들을 사람들은 무인이라 부른다.

당운영은 칠절문이 서서히 움직이기 시작하자 긴장된 표정으로 당문혁을 쳐다봤다.

그녀의 눈은 긴장으로 인해 이미 축축이 젖어 있었다.

"오라버니, 여긴 너무 멀어서 잘 안 보여요. 조금 더 가까이 가요."

"여기가 구경하기엔 최적의 장소다. 더 가까이 가면 자칫 싸움에 말려들 수도 있다."

"그러지 말고 조금만 더 가까이 가요. 정말 안 보여서 그래요."

"허어, 어디로 가자는 말이냐?"

"저기요."

당문혁이 어쩔 수 없다는 듯 고개를 흔들자 당운영이 즉시 손을 들어 한 지점을 가리켰다.

산자락에 툭하니 솟아 있는 작은 능선.

그야말로 분지와 거의 맞닿은 능선은 점창무인들의 숨소

리까지 들을 수 있을 정도로 가까운 장소였다.

그 능선에는 세 명의 황색 무복을 입은 무인이 분지를 지켜 보고 있었는데, 칠절문이 이동을 시작하자 위험을 느꼈는지 주춤주춤 뒤로 물러서고 있는 중이었다.

당운영은 말을 꺼내는 순간부터 이미 결정하고 있었는지 먼저 몸을 날려 그곳으로 향했다. 당문혁은 한숨을 몰아쉰 후 어쩔 수 없이 그녀를 따라 신형을 날려야 했다.

어차피 끝장을 보기로 했으니 미련을 둘 이유가 없었다. 전 왕은 부대를 움직여 분지로 들어섰다.

분지의 안쪽 오십 장에 펼쳐진 오행연환진을 확인한 전왕 은 자신도 모르게 고개를 끄덕이고 말았다.

오행연환진에서 뿜어져 나오는 기세는 하나의 거대한 검 을 보는 것처럼 느껴질 정도로 대단했다. 그의 입에서는 가느 다란 신음성이 저절로 흘러나왔다.

점창.

백여 년간 끝없이 쇠퇴의 길을 걸어온 문파.

천하에는 삼십팔무맥이 있으나 세상 사람들은 오래전부터 그중 하나를 빼야 한다는 생각을 가지고 있었다.

그것이 바로 점창이었다.

천하를 분할하고 있는 거대 문파들은 세를 불리기 위해 문 도의 숫자를 늘려왔으나 점창은 끝없이 세가 축소되어 본산 제자의 숫자가 삼백에도 못 미치는 상태였다. 속가의 숫자 역시 다른 문파에 비해 보잘것없는 수준에 머물렀다.

오죽했으면 다른 명문들이 한때 천하제일이라고 추앙했던 점창을 구대문파의 지위에서 끌어내렸을까.

그랬기에 운남 공략을 결행했다.

칠절문의 세력은 삼십팔무맥의 상위권은 아니었으나 점창 정도는 쉽게 굴복시킬 수 있을 거라 판단했다.

모두 죽일 생각을 가진 것은 아니었다.

쇄락할 대로 쇄락한 문파를 치는 것은 어린아이의 손목을 비트는 것처럼 부끄러운 일이라 생각했다. 점창이 머리를 숙이고 양보한다면 운남의 알짜만 차지하고 나머지는 먹고살 만큼 떼어줄 생각이었다.

하지만 점창은 예상 범위를 계속해서 벗어났다.

고개를 숙이지 않은 건 둘째치고 말도 안 되는 무력을 선보이며 칠절문을 압박해 사천의 웃음거리로 만들어 버렸다.

뭔가의 계기가 점창을 새롭게 만든 것이 분명했지만 그렇다고 해서 물러날 생각은 전혀 가지고 있지 않았다.

천수에게 말한 것처럼 죽기 전에 무인으로서의 야망과 의지를 세상에 보여주고 싶기 때문이다.

시간을 끌면 끌수록 유리하다.

지금 이 순간에도 칠절문의 무인들은 사천 곳곳에서 계속 몰려드는 중이다.

통발을 돌리고 출발했기 때문에 뒤늦게 부대들이 속속 도착해 합류하고 있었다.

처음 도착했을 때 사백이었던 병력의 숫자는 어느새 오백으로 늘어났고, 흩어져 임무를 수행하고 있던 단주급 고수도 다섯이나 합류했다.

그럼에도 전왕은 더 이상 시간을 끌지 않고 자공으로 갔던 삼절과 십오천강이 도착하자 미련 없이 공격을 위해 진형을 움직였다.

지천강과 인추산에서 전장을 지켜보는 군웅들에게 조금이라도 비겁한 모습은 보여주기 싫었다.

청무자는 다가서는 적들을 바라보며 혀를 꺼내 입술을 적셨다.

아무리 철의 심장을 가진 그라도 긴장감을 털어내지는 못한 모양이었다.

백마를 타고 오는 무인.

바로 사천의 서부를 완벽하게 틀어쥔 칠절문의 주인이자 무림십왕 중의 일인인 전왕 혁기명이다.

일인문파의 위력을 지닌 절대고수.

세상에 알려진 그의 무림 서열은 육십칠 위였고, 극성으로 익힌 뇌진도법은 천지를 개벽할 만큼 강한 위력을 지닌 것으로 정평이 나 있다.

완벽하게 기세를 풀어내며 수많은 병력과 함께 다가서는 전왕을 청무자는 분지의 끝에 홀로 서서 맞아들였다.

그의 눈은 무슨 생각을 하고 있는지 알 수 없을 정도로 깊게 가라앉아 있었다.

"전왕, 잘 왔다."

"그대는?"

"청무."

"청문이 아니라 청무였구려. 청문자께서는 아직 도착하지 않은 모양이오?"

"워낙 먼 길이라서 조금 늦는 것 같구나."

"그렇다면 우리가 너무 일찍 왔구려."

"크크크."

전왕의 대답에 청무자의 입에서 기괴한 웃음이 흘러나왔다.

청무자가 세 살이나 많기 때문에 말을 올려주고 있었으나 전왕은 대놓고 그를 무시하고 있었다.

청무자의 기괴한 웃음은 전왕의 행동에 자극받았기 때문임이 분명했다.

전왕의 입이 다시 열린 것은 한동안 계속되던 청무자의 웃음이 끝났을 때였다.

"도절이 당하고 와서 그러더군요. 검이 꽤나 무서웠다고. 왜 살려주었소?"

"그자는 전하라는 말도 제대로 전하지 않은 모양이구나. 내가 이렇게 말했다. 칠절문을 어떻게 때려잡는지 구경이나 하다 죽으라고. 결코 불쌍해서 보내준 건 아니니 오해는 하지 마."

"푸하하하! 예전부터 청무자가 간덩이가 잔뜩 부었다는 소릴 들었는데 지금 보니 소문보다 훨씬 더하구려. 도절 정도 잡은 게 그렇게 자랑스러웠소?"

"자랑은 무슨, 자랑을 하려면 전왕 정도는 잡아야지. 내가 널 잡고 사천 전역에 떠든다면 아마 그것이 자랑일 것이다."

"점창이 날 원망하겠구려. 당신을 죽이고 청문자마저 죽이면 점창의 청자배는 대가 끊기게 될 테니."

"크하하! 전왕의 실력은 귀가 따갑게 들었다. 하지만 그 정도 가지고 점창을 어쩔 수 있을 거라 생각했다면 오산이다."

"충분하고도 남소."

"개소리하지 마! 지금 네 자신감이 얼마나 형편없는 것인지 내가 보여주마."

"나와의 대결을 원하오?"

"그렇다."

"그렇지 않아도 도절의 원수를 갚아주고 싶었소. 늙어빠진 노인네를 죽이는 게 맘에 걸리기는 하지만 이렇게 된 이상 전왕의 이름으로 멋지게 보내주리다."

4장

적진돌파(敵陣突破)

　전왕은 백마에서 몸을 날려 청무자의 앞으로 떨어져 내렸
다.

　투레질을 하고 있던 백마는 주인이 사라진 줄도 모른 채 여
전히 고개를 앞뒤로 흔들며 다리를 찼다.

　말 역시 지금 황수에 잔뜩 끼어 있는 전운에 흥분했는지 주
인이 명령만 내리면 뛰쳐나갈 기색이 완연했다.

　하지만 주인은 이미 사라지고 없었다.

　찰나의 이동.

　속도와 은밀함을 두고 말한다면 그야말로 발군(拔群).

　황수를 지켜보던 수많은 눈동자 중 움직임을 알아본 자는

손가락으로 헤아릴 만큼 그의 신형은 눈 깜짝할 사이에 이동했다.

말에서 내려 땅바닥을 딛고 선 전왕의 몸에서 폭풍 같은 기세가 살아나 공간을 압축시켰다.

기파의 발현이 유형화되어 점창의 오행진에까지 영향권을 확대시켰으니 절대고수의 면모는 그야말로 명불허전이다.

하지만 그 기파는 청무자가 검을 뽑는 순간 현격하게 감소되며 후퇴했다.

마주 선 청무자의 몸에서 올올히 일어선 내력의 비늘이 전왕이 뿜어낸 기파를 밀어내며 팽팽하게 맞섰기 때문이다.

전왕의 얼굴이 변한 것은 청무자에 의해 자신의 기파가 범위를 축소하며 물러섰을 때다.

"눈으로 보고도 못 믿겠구려. 도대체 무슨 일이 있으셨소?"

"오랜 세월을 개처럼 살았으니 얼마나 많은 일이 있었겠는가. 통한을 가진 자는 불가능한 일도 해내는 법이니 너무 이상하게 생각하지 말라."

"그렇구려. 그럼에도 진정 대단하오. 하지만 나를 상대하기는 쉽지 않을 것이오."

"그대는 검을 뽑고 기다리는 내가 보이지 않느냐. 그만 떠들고 어서 오라!"

"푸하하하! 좋소, 아주 좋아. 그 정도는 돼야 칼질할 맛이

나지."

진정으로 만족했을 때 떠오르는 환한 웃음이었다.

전왕은 웃음 속에서 자신의 애병인 파천도를 꺼내 청무자를 겨냥했다.

황수에서 벌어진 전왕과 청무자의 혈투가 시작된 것은 태양이 머리 위로 올라서는 오시 무렵이었다.

분지의 중앙에서는 전왕과 청무자의 대치가 끝나고 싸움이 시작되었다.

굉렬한 격돌.

초식의 교환은 눈에 보이지 않았고 오직 엄청난 기파가 주위를 초토화시켰다.

절대고수들의 싸움은 보는 사람들의 눈을 어지럽혀 시야를 확보하기 어렵게 만들고 정신마저 혼미하게 만들었다.

그들의 격돌에 운호의 눈이 부릅떠졌다.

할 수만 있다면 최대한 다가가 그들이 펼치는 일거수일투족을 살피고 싶었으나 지금은 그럴 시간이 없었다.

전왕의 선공이 신호가 되었는지 칠절문의 전 병력이 점창이 펼친 오행진을 향해 물밀듯 밀려오는 중이기 때문이었다.

운호와 운상의 위치는 마지막 오행진이 펼쳐져 있는 후미에서도 삼 장이나 떨어져 있었지만 산으로 들어서는 비탈이라 칠절문의 움직임이 한눈에 보였다.

"운호야, 어쩌지?"

운호가 어깨를 으쓱였다.

"어쩌긴 뭘 어째. 당연히 싸워야지."

"나중에 혼날 텐데?"

"그게 무서우면 넌 여기 남고."

"지랄."

"그러니까 지금부터 내 얘기 잘 들어. 사형들은 오행진의 수두라서 위치를 고수해야 돼. 다시 말하면 사형들은 방어 중심으로 싸울 수밖에 없다는 뜻이야."

"그거야 당연한 거잖아."

"그렇지. 그래서 우리가 중요하다. 지금 이곳에서 공격형으로 움직일 수 있는 사람은 사숙과 우리밖에 없는데 사숙이 전왕에게 묶였으니 우리만 남았다."

"저 속으로 들어가자고?"

새까맣게 분지를 덮은 칠절문의 병력을 보며 운상이 인상을 구겼다.

선봉과 오행진이 격돌하기 시작하면서 칠절문의 후진은 방향을 틀며 포위 진형을 만드는 중이었다.

오백의 병력.

숫자로 따지면 다섯 배의 차이였다. 거기다 칠절문의 주력이 거의 모두 모였으니 절정고수의 숫자도 흘러넘쳤다.

그야말로 온통 칠절문의 병력으로 뒤덮인 상태인데 운호

는 그런 병력 속으로 뛰어들자고 말하고 있다.

하품이 나올 정도로 황당한 얘기.

그럼에도 운상은 인상만 구긴 채 안 된다는 말을 하지 못하고 운호의 얼굴만 쳐다봤다.

그 역시 이 싸움에서 해야 할 임무를 명확히 알고 있기 때문이다.

운호의 분석은 정확했다.

어차피 오행진 속에 있게 되면 그들은 사형들의 움직임을 방해하게 된다.

수두의 움직임을 방해하는 순간 오행진마저 위험한 결과가 만들어질 것이 뻔하니 방법은 오직 공격뿐이었다.

운호는 운상이 말을 잇지 못하고 전장과 자신을 번갈아 바라보자 즉시 입을 열며 손가락을 들어 좌측을 가리켰다.

"보이지, 저기? 저놈들은 우리가 의빈 외곽에서 만났던 구룡단이다. 강력한 자들이지. 저들을 해치우지 않으면 운학 사형이 위험해져. 최대한 빠른 시간에 제압하고 붉은 옷 입은 자들 쪽으로 이동한다. 내 손가락 잘 봐. 거기 말고. 그래, 그 옆. 붉은 도객들을 잡으면 중앙으로 이동해서 저기 흰색 옷을 잡는다."

"얼굴에 수염 난 놈?"

"그리고 그 옆의 영웅건. 해치워야 할 놈들이 많네. 역시 칠절문, 대단해."

"쟤들이 누군데?"

"나도 모르지. 기파가 센 놈들만 고른 거니까."

"얼씨구. 아주 죽으려고 환장했구나. 저 정도 기파면 최소 단주급 이상이야. 한둘도 아니고 우리 둘이 무슨 수로 저 많은 놈을 잡아?"

"약한 놈 잡을 거면 뭐하러 가. 내 말 마저 들어. 시간 없으니까. 저자들 다음엔 우측으로 이동해서……."

운호는 일일이 손가락으로 적진에 있는 자들의 면면을 짚으며 이동 경로를 설명했는데 마치 준비하고 있던 사람처럼 보였다.

열정적인 설명.

하지만 듣는 운상의 인상은 점점 일그러져 이제는 거의 우그러진 상태였다.

간단했다. 적들 중 절정고수들만 공격해서 제압하자는 의견이었다.

하지만 그것이 어찌 쉬울 수 있겠는가.

아군은 하나도 없는 곳에서 적들의 수뇌를 습격하는 것은 자살을 하자는 것과 다름없는 일이다.

그나마 다행스러운 것은 습격 후 이동 과정에서의 내력 소모를 최소화하고 안전을 확보하기 위해 오행진으로의 회피 경로를 다섯 군데나 만들었다는 것이다.

즉, 오행진이 모두 깨지지 않는 이상 쉽게 죽지는 않을 것이란 뜻이 된다.

"간다. 잘 따라잡아."

운호는 흑룡검을 꺼내 들고 지체 없이 신형을 날려 좌측으로 이동하기 시작했다.

황수의 분지는 본격적인 전투가 벌어져 곳곳에서 병기 소리와 함성 소리가 난무하고 있었다.

무림을 호령하는 자들의 충돌.

이곳에 모인 무인들은 칠절문의 최정예 병력이기 때문에 그들은 전위와 중위, 그리고 후위를 완벽하게 갈라 차륜전을 펼치며 점창의 오행진을 압박했다.

가장 효율적인 공격 전술이다.

그러나 점창의 오행진은 운풍이 선두가 된 수두들을 중심으로 완벽한 방어망을 형성한 채 칠절문의 공격을 막아내고 있었다.

운호와 운상은 포위망의 좌방을 뚫고 곧장 후미를 관통해 운학을 노리고 있는 구룡단의 뒤쪽으로 다가갔다.

네 명의 구룡단원은 운학을 협공하고 있었는데, 워낙 강력했기 때문에 운학은 오행진의 엄호를 받으며 간신히 버텨내는 중이었다.

역시 칠절문의 암천 구룡단의 무력은 무서우리만치 강력해 절정의 끝을 향해 나아가는 십삼검의 일인임에도 혼자의 힘으로 받아내기 어려웠다.

운호는 구룡단의 뒤쪽에서 후위를 형성하고 있는 선룡단을 박살 내며 무서운 속도로 전진했다.

일수 삼검.

그는 오늘 살귀가 되기로 작정한 모양이었다.

막는 자 죽는다. 검이 오면 검을 꺾었고 칼이 날면 칼을 부쉈다.

피의 향연.

그들의 검은 불과 일다경도 지나지 않은 사이에 십여 명을 척살하고 곧장 구룡단을 덮쳤다.

그야말로 쾌도난마(快刀亂麻).

뒤쪽에서 갑작스럽게 다가온 거대한 압력에 놀라 협공을 풀며 반격을 해왔으나 가장 후미에 있던 구룡단원이 운호의 분광에 당해 가슴이 반이나 잘린 채 뒤로 날려갔다.

그것으로 끝난 게 아니었다.

시간과의 싸움이란 걸 너무나 잘 아는 운호는 뒤로 날아가는 사내의 신형을 그대로 따라붙었다. 그리고 우방에서 공격해 오는 구룡단원의 칼을 향해 칠검을 퍼부었다.

하늘에서 내려오는 광우.

빛이 원이 되고 회전하며 돌고 돌아 칼과 부딪쳤다.

콰광!

충돌음은 언뜻 들으면 하나인 것 같았으나 무수한 여명이 뒤를 따르며 땅을 진동시켰다.

술에 취한 것처럼 다섯 발자국이나 후퇴한 구룡단원의 입에서 울컥하며 핏물이 흘러나왔다.

입에서 흘러나오는 피는 그가 내상을 입었다는 것을 알려주고 있었다.

고수들 간의 싸움에서 내상은 치명적이다.

외상은 내력의 발현을 방해하지 않지만 내상은 내력의 운용을 방해해 본래의 무력 발현을 불가능하게 만들기 때문이다.

비록 허리를 숙인 채 힘들어하고 있으나 그럼에도 대단한 자임에는 분명했다.

기습이란 확실한 이득을 가지고 공격했음에도 어느새 운호의 어깨에서 핏물이 배어나오고 있었다.

전장이 아니라면 힘겹게 자신을 노려보는 적을 향해 더 이상 검을 휘두르지 않았을지도 모른다.

하지만 여기는 전장이었고, 전장은 인정을 남기지 않는 곳이다.

운호는 망설이지 않았다.

유운보를 펼쳐 미끄러지듯 사내를 향해 다가서며 분광을 펼쳤다.

확실하게 목숨을 거두는 것이 적에게 아량을 베푸는 것임을 너무나 잘 알고 있다.

구룡단원은 내상을 입은 상태에서 발악적으로 칠도를 펼쳐 반격했다. 하지만 쏘아진 검기의 물결을 받아내지 못하고 그 자리에 꼬꾸라지듯 쓰러졌다.

둘을 잡았으니 둘이 남았다.

전장을 확인해 보니 운상이 청건을 쓴 자를 몰아붙이고 있었다. 우세를 점하고는 있으나 팽팽하게 맞서고 있어 금방 승부가 날 것 같지는 않았다.

운학을 공격하던 나머지 하나가 급히 뒤로 물러나 운호를 견제하고 있는 것이 보였다.

죽은 자들은 형제일 것이니 슬픔과 분노가 한꺼번에 담긴 그의 눈이 운호를 잡아먹을 듯 노려보고 있었다.

안다, 그 마음.

죽고 죽이는 전장은 분노가 강을 이루고 슬픔이 땅이 되어 모든 이의 가슴에 통한을 심어놓는다.

하지만 어이하리. 우리를 죽이기 위해서 그대들도 여기에 오지 않았는가.

운호는 서슴없이 칼을 빼 든 채 다가오는 구룡단원을 향해 굳은 얼굴로 검을 겨눴다.

구룡단원의 분노가 담긴 얼굴이 일 장 앞으로 다가왔을 때 운호는 거침없이 사내를 향해 검을 뿌렸다.

좌방에서 시작된 검기의 물결이 사내의 전신을 휩쓸었다.

적정의 원리가 장착된 운호의 검은 은은한 뇌성을 울리며,

다가선 구룡단원의 칼을 철저하게 파괴했다.

뜨거운 심장, 굳은 의지.

운호의 눈에 담긴 것은 사랑하는 사문과 형제들을 지키겠다는 일념뿐이었다.

"운호야, 가자!"

어느새 구룡단원을 해치운 운상이 주변에 있는 선룡단 사이를 헤집고 있는 운호를 향해 소리를 질렀다.

운상이 싸움을 끝내는 동안 운호는 포위망을 좁혀오는 선룡단원들을 쓰러뜨리며 사방을 휩쓸고 있었다.

운상은 구룡단원의 칼에 당했는지 옆구리와 허벅지에서 피를 흘리고 있었는데 그 와중에도 냉철함을 잊지 않고 운호를 제지했다.

그 짧은 시간에 구룡단을 셋이나 잡고 선룡단마저 헤집고 돌아오는 운호를, 운상은 당연하다는 얼굴로 맞아들였다.

이제 운상은 운호가 무슨 짓을 해도 놀라지 않았다.

"운상, 그사이에 다친 거냐?"

"스친 거야. 크진 않다. 그런데 저쪽으로 가기에는 놈들이 너무 많다. 우회하는 게 어때?"

"오행진을 통과하자는 거지? 나도 그 생각을 하고 있었다."

이곳에서 선룡단을 상대로 싸움을 계속할 수도 있으나 그러고 있기엔 전장의 상황이 녹록하지 않았다.

절정고수의 숫자가 많은 칠절문은 다수로 오행진의 수두들을 집중 공격하는 전략을 쓰고 있었다. 최대한 빨리 적들의 수뇌부를 잡아 사형들의 부담을 덜어줄 필요성이 있었다.

운호가 다음 상대로 노린 것은 좌방으로 이십 장 정도 떨어진 곳에 있는 적색 도객들이었다.

바로 십오천강. 칠절문이 자랑하는 특수부대로, 상대하기 어려운 고수를 잡기 위해 키워졌다고 알려진 자들이다.

잠깐 사이에 이십여 명이나 피해를 입은 선룡단은 운호와 운상의 무력에 질려 공격할 엄두도 내지 못했다. 이쪽의 공격을 이끌던 구룡단원들이 싸늘한 주검으로 변한 것도 하나의 이유였지만 근본적인 원인은 운호의 압도적인 신위에 대적이 불가하다는 두려움 때문이다.

그러나 놀란 것은 선룡단의 도객들만이 아닌 모양이다.

오행진을 이끌던 운학은 거의 찢어질 듯한 눈으로 운호를 쳐다보며 경악성을 흘려냈는데 마치 귀신을 본 것 같은 얼굴이었다.

점창무인들은 오행진 사이를 뚫고 지나가는 운호와 운상을 바라보며 의아한 표정을 지었지만 워낙 격렬한 칠절문의 파상공격에 금방 의문을 묻고 싸움에 전념했다.

그들의 얼굴에 들어 있는 것은 오직 하나, 불같은 투지뿐이었다.

지지 않겠다는 의지.

다시는 사문을 오욕 속에서 살지 않도록 만들겠다는 의지가 얼굴에 올올히 박혀 있었다.

점창의 오행연환진은 세 개의 오행진이 하나가 되어 방어선을 구축한다. 연환진 사이의 틈을 적절히 조절함으로써 적으로부터 완벽하게 포위되는 것을 막았다.

다시 말해 중앙을 비운 채 세 개가 한 묶음이 되어 연환진을 형성하고 벌어진 간격 사이로 적이 들어오면 연환진의 합공을 통해 격멸시키는 진형이다.

체력의 보완은 회전을 통해서 이루어진다. 두 개의 오행진이 적을 막는 동안 후방의 하나는 체력을 보충하고 일정 시간이 지나면 다시 전방으로 나선다.

이런 이유로 점창의 오행연환진은 다수의 적으로부터 공격당했을 때 오랜 시간 효율적으로 싸울 수 있는 절진의 면모를 갖췄다.

운호는 오행진이 만들어놓은 생문을 지나 칠절문의 진형으로 뛰어들었다.

그의 움직임에는 망설임이 없었다.

천강의 연환 공격에 십삼검 중에서 비교적 무력이 약한 운명자는 벌써 세 군데에 도상을 입고 온몸을 붉은 피로 물들이고 있는 중이었다.

운호는 번갈아가며 운명자를 공격하는 십오천강의 머리 위로 도약하며 칠검을 날렸다.

공격의 대상은 운명자를 공격하기 위해 접근하는 다섯의 천강이었다.

집중과 분산은 이토록 다르다.

천강보다 훨씬 무력이 뛰어난 구룡단원조차 운호의 일격에 주춤거리고 물러났다. 공격을 분산시켜 받아낸 천강들은 몸만 움찔거렸을 뿐 곧장 반격을 시도해 왔다.

하지만 이쪽도 운호 하나만 있는 것은 아니었다.

압력이 약해지자 기운을 차린 운명자가 반격을 시도했고 뒤이어 운상이 떨어져 내리며 천강들의 후미를 강타했다.

열다섯이 한꺼번에 공격을 했다면 모를까, 숫자가 나뉜다면 싸움은 훨씬 수월해진다.

더군다나 사형의 위기를 보고 급한 김에 다수를 상대로 검을 날렸기 때문에 현저하게 위력이 축소되었을 뿐 운호의 검이 무뎌진 것은 아니었다.

천강들의 공격은 집요했다.

순식간에 운호를 포위하더니 교묘하게 시차를 두며 지속적인 공격을 감행해 왔다.

왜 특수타격대란 별명을 얻었는지 충분히 이해할 수 있는 공격이었다.

구룡단은 자신들이 지닌 강력한 무력으로 정면승부를 해

왔으나 이들은 철저한 연환을 통해 공격과 방어를 병행하며 끈질기게 운호의 약점을 공격해 왔다.

역시 아직 운호의 경험은 일천하다.

적들이 지연작전을 펼치며 시간을 끌자 십여 초의 공방을 펼치던 운호의 검이 적정의 원리를 잃어버리고 광폭하게 변했다.

단박에 끝을 보고 운상과 운명을 도와줘야 한다는 마음이 검을 바쁘게 만들어 공격과 방어의 균형을 허물어뜨린 것이다.

그 결과는 심각했다.

천강의 연환 공격을 깨뜨리는 방법은 동시에 둘 이상을 잡는 것뿐이라는 판단을 내리고 좌방에서 공격해 온 자들을 향해 몸을 날렸다. 그 순간 기다렸다는 듯 우측의 셋이 지금까지의 방식을 깨고 한꺼번에 덮쳐왔는데, 그 위력이 워낙 강력해 피할 방법이 보이지 않았다.

지금까지 볼 수 없던 공격.

절대고수를 잡기 위해 길러진 잔인한 늑대들은 이런 기회를 만들고자 지금까지 시간을 끌었던 모양이다.

실수를 했지만 후속 조치는 빨랐다.

전력으로 끌어올린 내력을 거둬들이기에는 늦었기에 운호는 좌방의 적을 향해 무섭게 돌진했다.

결행(決行).

이 한 번의 공격으로 좌방의 둘을 죽이지 못하면 자신이 죽을지도 모른다.

그랬기에 운호는 내력을 더하며 그동안 사용하지 않던 분광을 펼쳐 적들의 중간을 관통했다.

검기로 둘러싸인 운호가 통과하는 순간 적들의 몸에서 핏물이 안개처럼 피어올랐다.

적정의 원리를 거둬 버린 운호의 검은 그들이 상대할 수 있는 수준을 넘어서 있었다.

섬광이 터지고 적이 쓰러졌으나 운호의 신형은 멈추지 않았다.

쓰러지는 천강들을 뒤로하고 감락지부의 정예 속으로 뛰어들었다.

멈추면 당한다는 판단 때문이다.

감락지부의 무인들은 전위와 중위, 후위로 나뉘어 점창무인들을 공격하고 있었다. 운호가 뛰어든 것은 그들의 중앙이었다.

그러나 빽빽하게 숲을 이루어 싸움을 지켜보던 감락지부 무인들이 인의 장막을 형성한 채 운호의 전진을 가로막았다.

그들 역시 무인.

싸움의 흐름을 단박에 알아채고 운호의 통과를 차단해 온 것이다.

그 잠깐의 방해는 운호의 등과 허벅지에 제법 큰 도상을 만들어냈다.

급하게 공중으로 솟구치며 방어 초식인 비화(飛花)를 펼쳤으나 뒤쪽에서 다가온 천강들의 공격이 몸을 훑고 지나간 후였다.

운상이 우려하던 부분이었다.

적의 진영에서 절정의 고수들을 잡는다는 것은 이런 위험을 내포하고 있었다.

운호는 연속으로 비화를 펼쳐 추가적인 공격을 차단하고 상처를 슬쩍 살폈다.

뼈가 보일 정도는 아니었지만 그래도 꽤 커서 피가 주르륵 흐르고 있었다.

참 고단한 육신이다.

한 달도 안 된 사이에 얼마나 많은 칼질을 당했는지 셀 수도 없다.

분광과 회풍은 위력이 강력한 대신 내력의 소모가 다른 초식에 비해 비교할 수 없을 정도로 크다는 단점이 있었다.

구룡단원들은 무력이 워낙 강력했기 때문에 분광과 회풍으로 상대할 수밖에 없었지만 만나는 자들마다 계속해서 후삼식을 쓴다면 내력은 급속도로 소모된다.

그것은 절대 바라는 바가 아니었다.

얼마나 걸릴지 모르는 싸움이다.

수많은 적으로 둘러싸인 지금, 싸움이 끝나기 전에 전장에서 이탈하게 된다면 천추의 한으로 남게 될 것이다.

방금처럼 위기의 상황이라면 모를까, 최대한 내력을 아껴 싸움이 끝날 때까지 버텨야 했다.

비화에 이어 낙영(落英)과 무영(無影)으로 반격을 시도하자 일직선으로 다가오던 자들이 삼방으로 흩어지며 또다시 포위 망을 구축했다.

하지만 둘이 죽었기 때문인지 그 압력은 훨씬 덜했다.

싸움 방식의 차이가 있을 뿐 천강들은 구룡단원들에 비하 면 그 무력 수준이 한 단계 아래인 자였다.

그럼에도 상처를 입은 것은 내력을 아끼기 위해 분광과 회 풍을 쓰지 않은 것이 원인이고 천강들의 합격술이 워낙 뛰어 났기 때문이다.

상처는 입었으나 운호는 후회하지 않았다.

몇 개의 상처보다 내력을 보존하는 것이 훨씬 더 중요하다 는 걸 너무나 잘 알고 있으니 앞으로도 이런 싸움은 지속할 수밖에 없다.

몸에서 흐르는 피는 불같은 투혼을 불러일으켰고 얼음처 럼 냉정한 이성을 가져다주었다.

이 싸움에서 더 강해질 것이고 더욱 강한 심장을 갖게 될 것이다.

천강들의 얼굴은 무섭게 굳어 있었다.

방금 운호가 보여준 일검은 그들의 두려움을 일깨워 움직임을 둔하게 만들었다.

운호가 분광을 펼친 것은 단 한 번뿐이었지만 그것만으로도 충격은 컸던 모양이다.

일 초에 두 명의 전신이 폭파되는 것처럼 터졌다.

도대체 무슨 초식이기에 그 정도의 위력을 보인단 말인가.

그 초식이 또다시 시전된다면 살아남지 못할 것이라는 두려움이 들었지만 그들은 금방 신형을 교차시키며 칼을 돌리기 시작했다.

줄어들었던 압력이 천강들의 움직임으로 다시 살아났다.

사천을 종횡했다는 십오천강.

두려움을 이겨내고 금세 냉정함을 되찾은 그들의 의지는 인정해 줄 만큼 훌륭한 것이었다.

도객이 칼을 돌린다는 것은 상식 밖의 일이었으나 운호는 그들의 전조가 승부수라는 것을 눈치챘다.

그들의 눈에서, 그리고 그들의 칼에서 피어난 살기가 이빨을 감추지 않은 채 고스란히 다가왔기 때문이다.

천강들이 돌리던 칼은 점점 빨라져 그 모습을 감춘 채 하나의 원이 되어 운호를 노렸다. 그러다 한순간 공중으로 솟구치며 엄청난 속도로 다가왔다.

세 개의 원, 그리고 세 개의 신형.

칼이 먼저였고, 그 뒤를 따라 어느새 비수를 꺼내 든 천강들이 전 방위를 차단하며 공격해 왔다.

운호의 이가 지그시 악물려졌다.

설마 칼을 던질 줄은 몰랐는데 적들은 목숨처럼 소중히 여겨야 할 병기를 미끼로 동귀어진의 수법을 펼치며 거침없이 접근해 왔다.

무인이라는 자들은 참 웃긴 존재다.

자신의 목숨을 던지면서까지 적을 죽이고 말겠다는 의지는 어디에서 오는 것일까.

옆으로 처졌던 검극을 세우고 날아오는 칼들을 향해 섬전(閃電)으로 십이검을 찔렀다. 그 후 우측으로 삼 보 이동해 월파(月破)를 펼쳐 접근하는 좌, 우방의 적들을 베었다.

후방으로 오 보 후퇴하며 전방에서 다가온 자의 목을 친 것은 풍영이었는데 차분하게 가라앉은 운호의 눈은 시리도록 차가워 다른 사람으로 보일 지경이었다.

그야말로 전광석화.

운호의 검은 더할 나위 없이 정교했고 무정했으며, 터무니없이 강력했다.

운상은 두 명을 죽인 후 나머지 천강들과 격전을 벌이고 있었다.

운상의 칼질을 당해 등에서 피가 흐르고 있었지만 운호는 지체 없이 반대편으로 몸을 날렸다.

운상보다는 사형인 운명이 더 위험했기 때문이다.

이전에 당한 상처가 제법 깊었는지 그는 두 명의 천강에게 둘러싸여 고전을 면치 못하고 있었다.

그 와중에도 운명은 세 명을 베었는데 거기서 또다시 상처를 입어 혈인으로 보일 만큼 상태가 좋지 못했다.

운호가 접근하자 두 명이 공격을 멈추고 대응해 왔다. 그러나 허공을 격하고 날아온 섬전은 그들의 몸을 튕겨낸 후 거침없이 진격해 심장을 갈라 버렸다.

고수를 잡기 위해 키워졌다는 천강은 진형이 허물어지자 위협적인 존재가 되지 못했다.

더군다나 동료들이 연속으로 죽어나가는 것을 목격한 후부터는 평정심조차 잃어버려 제대로 반격하지도 못하고 칼을 떨어뜨렸다. 마지막까지 운명을 공격하던 두 명의 천강은 그 정도가 더욱 심했다.

순식간에 나타나 적을 베어버린 운호가 다가서자 운명의 표정에서 놀람을 넘어 황당함이 나타났다. 치열한 공격을 받느라 전권을 확인할 겨를조차 없었는데 눈을 돌려보니 천강들은 운상을 공격하는 둘을 빼고는 전부 바닥에 쓰러져 있었다. 그중 일곱을 운호가 해치웠으니 정말 기가 막힐 노릇이다.

"운호 너, 어떻게 된 거냐?"

"자세한 것은 나중에 말씀드리겠습니다."

"이게 꿈인지 생신지 모르겠다. 정말 내가 알고 있는 운호가 맞기는 한 거냐?"

"그럼요. 사형께서 알고 있는 운호가 맞습니다. 그러니 진 안으로 들어가서 지혈부터 하시지요. 여기는 제가 지키고 있겠습니다."

"고맙다. 금방 치료하고 나오마."

분명히 놀라고 궁금했을 텐데도 운호가 자리를 대신해서 지키자 운명은 서둘러 진 안으로 들어갔다.

지금은 무엇보다 적들로부터 사문을 지키는 것이 중요했고, 운호가 원활하게 움직일 수 있도록 만들어줘야 했다.

이 정도의 무력을 지닌 운호라면 황수전투의 변수로 충분히 작용하고도 남을 것이라는 게 그의 판단이었다.

운호가 생문을 지키는 동안 운상은 나머지 천강을 해치우고 절뚝거리며 후퇴해 왔다.

허벅지에 칼을 맞아 걷기가 불편한 모양이었다.

그 모습에 운호의 얼굴이 잔뜩 찡그려졌다.

"어때, 따라올 수 있겠어?"

"괜찮다. 깊진 않아."

"큰일이네. 너도 일단 들어가서 치료부터 해."

운호가 말을 끝내자마자 허공을 격하고 칠검을 때려냈다.

운상의 뒤를 따라 감락지단의 병력이 들이닥쳤기 때문이다.

그야말로 병력의 물결이다.

운호와 점창무인들의 오행진에 막혀 끝없이 다치고 쓰러졌지만 칠절문의 공격은 멈출 기색을 보이지 않고 있었다.

다가오던 자들이 운호의 공격에 셋이 한꺼번에 쓰러지자 감락지단의 무인들은 접근 대신 폭멸궁을 쏘기 시작했다.

접근전에서는 타의 추종을 불허하는 병기.

그러나 그것은 일반 무인들에게 해당하는 것이지, 운호처럼 절정의 끝을 향해가는 무인들에게까지 해당되는 것은 아니다.

삼 장 범위에서 쏜 단사들이 엄청난 속도로 날아왔으나 운호는 비화(飛花)를 펼쳐 한 발도 남김없이 격퇴했다.

마음 같아서는 유운신법을 펼쳐 적진으로 날아가 한바탕 드잡이를 하고 싶었지만 자신이 자리를 비우면 오행진이 위험해질 수 있기 때문에 유혹을 뿌리치고 굳건히 자리를 지켜야만 했다.

운명이 나타난 것은 거의 일각이 지났을 때였다.

"운호야, 이젠 되었다. 내가 맡을 테니 너도 들어가서 치료해라."

"운상이는 안에 있습니까?"

"너를 기다리고 있다. 안에서 들으니 계속 이동할 거라고 하던데 정말이냐?"

"그럴 생각입니다."

"너 때문에 이 싸움이 조금은 수월해질 수 있겠구나. 그러나 조심해라. 무리하지 말고."

"그러겠습니다, 사형. 이따 끝내고 뵙겠습니다."

"고맙다. 도와줘서."

칠절문은 전왕이 의동생으로 삼은 일곱 명의 무인을 위해 지은 명칭이었다.

청무자에게 왼팔이 잘린 도절을 비롯해서 현재 청명자를 공격하기 위해 떠난 검절과 창절이 있고, 이곳 황수 공략을 맡은 권절이 그 안에 포함된다.

그리고 나머지 셋이 지금 운풍을 공격하고 있는 금월과 만도, 귀수였다.

이들 셋은 전부 독문 병기가 칼이기 때문에 금절, 만절, 구절이라 불리기도 했는데 나이 순서로 따지자면 가장 아래에 속하는 자들이었다.

전왕과 그의 일곱 의형제.

어느 날 불쑥 사천에 나타나 청성과 당문이라는 거대 세력의 틈바구니에서 세력을 키우더니 불과 십 년 만에 천하를 갈라 지배하는 서른여덟 개의 세력에 당당히 포함되어 세상에 우뚝 섰다.

초창기 호사가들은 칠절문이 청성과 당문의 세력 다툼을 교묘하게 이용해 어부지리를 얻었다고 평가하기도 했지만 지금에 와서는 그 누구도 그들의 힘을 의심하는 자가 없었다.

전왕을 비롯해 칠절과 칠대무력 단체의 장이 모두 절정을 넘어선 고수였고, 무력이 뛰어난 자들을 적극 영입해 극진히 대접했기 때문에 칠절문은 용담호혈로 변한 지 오래였다.

특히 전왕의 의동생들인 칠절은 그중에서도 발군의 실력을 가지고 있었다. 운풍을 공격하는 금월, 만도, 귀수는 사형제 간으로 그 합격술이 굉장히 정교했다. 한참 칠절문이 세력을 떨치기 시작했을 때 당시 사천의 저승사자라 불리던 살혈신권(殺血申拳)을 쓰러뜨려 무림을 깜짝 놀라게 만든 장본인이었다.

점창의 선봉 운풍의 오행진을 공격한 칠절문의 병력은 그들 셋을 비롯해 본단의 문주 직속부대인 삼십 명의 흑철객과 칠십의 황룡단이었다.

운풍은 호흡이 서서히 급해지는 걸 느끼며 안색을 굳혔다.

이것은 적들의 강력한 공격에 내력이 소모되면서 나타나는 현상이었다.

제대로 된 싸움을 했다면 이렇게까지 몰리지 않았겠지만 방어에 주력하다 보니 힘든 싸움이 되고 말았다.

바로 그가 이끄는 오행진 때문이었다.

만약 그가 자리를 이탈해서 삼절과 제대로 된 싸움을 벌이게 된다면 오행진은 위험에 처할 수밖에 없다.

오행진을 공격하고 있는 흑철객들의 무력이 워낙 강력해서 삼절과 싸우는 와중에도 운풍은 수시로 검을 틀어 흑철객을 막아야 했다.

좋지 않은 상황.

전왕의 최측근 호위부대인 흑철객의 무력은 전부 주력 전투부대의 대주급 이상이었다.

더군다나 삼절이 집중 합격을 하고 있어 그는 악전에 악전을 거듭해야 했다.

벌써 명자배 제자 셋이 목숨을 잃어 연환진의 기능은 거의 상실한 상태가 되고 말았다.

여기서 세 명만 더 전열에서 이탈하게 되면 그가 이끄는 오행진은 깨지게 된다.

싸움은 그때부터가 진짜다.

오행연환진으로 버티던 방어 전술이 깨지게 되는 순간 난전으로 바뀌게 되는데 그때까지 최대한 적의 숫자를 줄여놓아야 유리한 싸움을 할 수 있다.

아직까지 점창의 오행연환진은 굳건히 자리를 지키고 있었으나 적을 죽인 만큼 아군의 피해도 발생하고 있었다.

전투가 시작된 지 반 시진.

이런 흐름이라면 난전은 반 시진 이내에 찾아온다는 게 그의 판단이었다.

최대한 내력을 아껴 결정적인 순간에 대비할 필요성이 있었다.

두 번째 목표인 십오천강을 해치우는 데 벌써 두 군데의 상처를 입었다.

다행스럽게 상처를 입은 곳은 움직이는 데 방해가 되지 않는 부위였지만 응급처치로 피만 멈추게 했을 뿐이었다. 치료를 하지 못했기 때문에 고통은 사정없이 그의 몸을 괴롭히고 있었다.

그럼에도 운호는 상처를 붕대로 싸매고 분연히 검을 들었다.

문제는 운상이었다.

허벅지의 상처가 제법 커서 붕대를 감았음에도 피가 계속해서 흐르고 있었다.

"갈 수 있겠어?"

"간다."

"그래, 장하다. 가자."

힘들고 괴롭다 해서 멈출 수 있는 길이 아니었다.

지금 이 순간에도 사형제들이 피를 흘리며 쓰러지고 있었으니 조금이라도 빨리 서둘러야 했다.

그것은 부상이 심한 운상도 같은 생각이었던 모양이다.

우측 생문을 통해 진 밖으로 뛰쳐나가자 적들의 공격이 불끈 다가왔다.

망설이지 않았다.

단박에 해치우고 목표한 자들을 주살해야만 이길 수 있었다.

운호의 검이 팔방을 점유하며 다가오는 자들을 향해 터졌다.

섬전의 속도는 점점 빨라져 이젠 눈에 보이지도 않았고, 월파의 물결은 거의 일 장을 치고 나가 적들을 쓸어버렸다.

그야말로 폭풍과 같은 진격.

후위는 운상에게 맡겨놨기 때문에 운호는 오직 앞만 보며 달렸다.

비록 부상을 입었다고는 하나 운상의 검은 아직도 생생히 살아 후미의 적들을 제거하며 운호를 호위했다.

불과 일각 만에 십여 명의 적을 제거하고 목표로 한 중앙의 도객들에게 다가갔다. 그때 막강한 기세를 가진 자들이 앞을 가로막은 채 포위했다.

바로 흑철객들이었다.

서른의 흑철객은 적의 접근을 확인하자 즉시 반으로 나뉘어 포위망을 구축해 왔다. 그 기세가 십오천강 못지않았다.

그러나 운호의 진격은 멈추지 않았다.

포위망에 사로잡히면 얼마나 많은 시간을 허비해야 될지 몰랐다.

그랬기에 운호는 속도를 줄이지 않고 곧장 분광을 꺼내어 전면을 가로막은 세 명의 흑철객을 향해 쇄도했다.

콰앙!

싸움을 함에 주저함을 갖지 않겠다.

한번 내린 판단을 의심하게 되면 적객들과의 싸움에서처럼 상처를 입게 되고 위험에 빠질 것이니, 오직 단호한 결단으로 전진할 뿐이다.

그것이 바로 피와 바꾼 소중한 경험이다.

운호가 펼친 분광이 흑철객들의 칼들을 부수며 그대로 돌진했다. 그것은 뒤를 받친 채 오행진을 공략하던 황룡단 무인들까지 덮쳤다.

순식간에 세 명의 흑철객과 두 명의 황룡단 무인을 쓸어버린 운호의 검이 회전했다. 그리고 운상을 공격하던 좌방의 흑철객을 향해 쏘아졌다.

내력이 소모되는 한이 있더라도 단박에 숫자를 줄여놓아야 유리한 싸움이 될 수 있다는 판단이었다. 운호는 연이어 분광을 펼쳐 또다시 두 명의 흑철객을 쓰러뜨렸다.

순식간에 다섯의 동료를 잃은 흑철객의 얼굴에 경악이 떠올랐다.

도대체 저자는 누구기에 저토록 가공스런 무력을 보여준단 말인가.

놀람과 의문이 겹쳐진 표정이었지만 그럼에도 그들은 흰색 견장을 찬 사내의 짧은 고함 소리에 금방 정신을 차렸다.

죽음의 향기가 물씬 풍기는 사신을 눈앞에 두고도 전력을

다해 공격을 감행하는 그들은 수많은 전장을 누벼온 전사로
서 손색이 없었다.

"운상, 우측을 맡아라!"

남은 열 명의 흑철객이 끝장을 보겠다는 듯 동시에 신형을
띄우자 운호의 입에서 고함이 터졌다.

운상은 부상의 여파 때문인지 행동반경이 극도로 축소되
어 있었기에 방어의 범위를 줄여줄 필요가 있었다.

단숨에 끝장을 본다.

운호의 검이 울었다.

운상이 맡은 우방을 제외한 삼방을 향해 운호의 검에서 생
성된 검기가 회전하기 시작했다.

검기가 돌고 돌아 공중에서 떨어지는 흑철객의 칼을 향해
솟구쳤다.

윙윙윙!

검이 울었고, 검에서 떨어져 나간 검기가 공간과 공간 사이
를 휩쓸며 춤을 추었다.

크크크, 끼익, 피익!

격돌로 인한 충돌음은 흑철객의 죽음을 안타까워하는 비
명처럼 들렸다. 솟구친 피는 전권을 넘어 오행진을 공격하는
황룡단원들의 머리 위로 안개가 되어 뿌려졌다.

또 다른 진화.

전력으로 펼친 운호의 회풍은 이전과는 확연하게 다른 경

지를 선보이며 순식간에 일곱의 흑철객을 고혼으로 만들어 버렸다.

운호는 쓰러진 자들을 확인하지 않았다.

대신 황룡단 사이를 뚫고 죽음의 길을 만들어내며 거침없이 삼절을 향해 전진했다.

거칠어진 숨결조차 가다듬지 않은 채 신형을 날리는 그의 몸은 온통 피로 덮여 있었다.

내력을 전력으로 가동하자 막아놨던 혈이 뚫리며 상처에서 피가 흘러나왔다. 격돌로 인해 새로 생긴 상처에서 나온 또 다른 피가 적들의 것과 섞여 그를 혈인으로 만들었다.

그럼에도 그의 눈은 극도로 차가웠다.

이 전장에서 유일하게 형세를 관장할 수 있는 사람은 오직 그뿐이었으니 얼음같이 차가운 심장으로 적의 숨통을 조여야 했다.

운호의 눈은 운풍의 것과 달랐다.

운풍은 삼절과 접전을 펼쳤고 선봉에 서 있기 때문에 다른 오행진의 상태를 정확하게 확인할 수 없었다. 하지만 운호는 가장 후미부터 중앙까지 이동하며 싸웠기에 그 누구보다 정확한 형세 파악이 가능했다.

점창의 오행연환진은 앞으로 이각을 버티지 못할 것이라는 게 그의 판단이었다.

시간이 없었다.

난전으로 들어서면 숫자에서 밀리는 점창은 싸움에 이긴다 해도 엄청난 피해를 입고 말 것이다.

그것은 그도, 사문의 어른들도 바라는 바가 아니었다.

운호는 이를 악문 채 운풍이 버티는 중앙을 향해 유운신법을 펼쳤다.

운풍의 상태가 좋지 않다는 것은 한눈에 알아볼 수 있었다.

세 절정고수의 연환 공격을 자리를 지키면서 받아냈고, 오행진의 방어까지 신경 쓰다 보니 벌써 다섯 군데나 상처를 입고 있었다.

급하다.

운호는 도약한 상태 그대로 운풍의 옆구리를 공격한 후 신형을 회전하며 돌아 나오는 금월의 등판을 향해 분광을 쏘아냈다.

정면으로 부딪쳐도 받아내기 어려운 공격인데 기습이었으니 오죽할까.

더군다나 금월은 만도와의 공수 전환 때문에 방어할 새도 없이 운호의 검기를 고스란히 받아야 했다.

그럼에도 그의 반응은 눈부셨다.

기형적으로 몸을 꺾은 그의 칼이 세 개로 변하며 운호를 공격해 왔다.

동귀어진의 수법이자 오직 적의 심장을 찢어버리겠다는

필살 초식.

그 짧은 순간에 시전된 그의 칼은 굉렬한 도풍과 함께 운호의 전신을 노렸다.

하지만 상대는 운호였고, 그가 펼친 것은 분광이었다.

다른 초식이었다면 모를까, 금월의 무력으로 분광을 완벽하게 막는다는 건 불가능에 가까운 일이다.

능선에서 전장을 관찰하던 당운영과 당문혁의 얼굴은 긴장으로 인해 잔뜩 굳어 있었다.

진정 엄청난 싸움이다.

무인으로 태어나 이런 전투를 구경할 수 있다는 것만으로도 대단한 행운이었다. 황수의 분지에서 벌어지는 경천동지할 싸움은 그들을 놀라움과 흥분으로 몰아넣기에 충분했다.

제일 먼저 벌어진 전왕과 청무자의 싸움은 맛보기에 지나지 않았다.

만약 황수에서 전왕과 청무자의 싸움만 벌어졌다면 한순간도 눈을 떼지 못하고 그들의 일거수일투족을 지켜봤을 것이다.

하지만 분지에서 벌어진 집단전은 그들의 싸움에서 눈을 떼게 만들 정도로 엄청난 것이었다.

혹자들은 당문을 독과 암기만을 지닌 가문으로 오해하지만 그들은 또 하나의 커다란 무기를 지니고 있었다. 그것은 바로 진법에 대한 재능이다.

세상에 존재하는 모든 진법이 그들 손에 있다고 알려진 만큼, 당문은 진법에 대한 조예가 어느 문파보다 깊고 넓었다.

그랬으니 점창의 오행연환진을 몰라볼 리 없다.

단순하고도 효율적인 진법.

저런 진형을 구축하기 위해서는 절정의 무인과 일류무인이 적절한 혼재되어 있어야 하는데, 점창무인들의 무력은 그 이상이었다.

그럼에도 팽팽하던 전장은 시간이 지날수록 점창 쪽에 불리하게 작용하고 있었다.

워낙 숫자에서 차이가 났고 칠절문 쪽에 절정고수들이 많다 보니 점창의 오행진은 시간이 지나면서 서서히 균열이 발생하고 있었다.

그때 후미에서 나타난 두 명의 사내가 전장을 가로지르며 폭풍처럼 진격하기 시작했다.

눈으로 보고도 믿기 어려울 정도의 무력.

그들의 검은 일격 필살이고 대적 불가였다.

불과 반 시진 만에 그들에게 당한 숫자는 오십에 가까웠다.

"저자, 정말 대단하구나."

"그렇… 군요."

"왜 그러느냐?"

"아니에요. 너무 놀라서 그래요."

"하긴 나도 놀랐다. 저 나이에 저 정도의 무력이라니. 혹시 저자가 마검 아닐까?"

"그럴 리가요. 마검은 의빈에서 사라졌다고 했어요. 이곳까지 오기 어려웠을 거예요."

"그렇다면 저자는 누구란 말이냐?"

"…풍운대의 일원이겠지요."

당문혁의 반문에 당운영이 말끝을 흐리고 시선을 돌렸다.

멀리서 봐도 단박에 알 수 있었다.

그가 그녀와 같이 삼 일을 보낸 운호라는 사실을.

전신(戰神)이 되어 전장을 휩쓰는 그의 모습을 보자 저절로 몸이 굳어지고 정신마저 차릴 수 없었다.

유령단에게조차 당해 생사를 알 수 없을 정도의 상처를 입었던 운호가 어찌 저런 무력을 보인단 말인가.

진정 믿을 수 없는 사실이다.

하지만 그러한 의문은 잠시에 불과했고, 시간이 지나면서 점점 걱정으로 인해 손에 땀을 쥐어야 했다.

엄청난 위력을 보이고 있지만 적들의 숲을 지날 때마다 그의 몸에도 상처가 계속해서 늘어나고 있었기 때문이다.

그의 몸에 상처가 생길 때마다 그녀의 몸이 움찔거렸다.

방금 전도 괭렬한 접전 끝에 비틀하며 물러서는 운호를 보자 저절로 몸이 경직되어 당문혁의 물음에 제대로 대답을 하지 못했다.

하지만 당문혁은 그녀의 대답이 확신의 부족에게 온 것이라 짐작하고 고개를 끄덕였다.

"이대로라면 양패구상이다. 점창의 오행진은 이제 일각도 버티지 못할 것 같구나."

"특히 우방이 버티지 못하네요. 우방은 벌써 깨지기 시작했어요."

"그렇구나. 쯧쯧, 앗!"

당운영의 지적에 안타까운 얼굴로 혀를 차던 당문혁의 얼굴에서 경악성이 흘러나왔다.

바람처럼 날아온 청수한 노인이 우방을 압박하던 칠절문 병력을 종축으로 부수기 시작했다. 마치 모래성이 물결에 휩쓸려 쓰러지는 것처럼 칠절문의 진형이 무너지고 있었기 때문이다.

대단한 신위.

노인의 검에서 발현된 검기는 일 척이 넘었다. 그를 막아선 자들은 폭풍에 휘말린 허수아비처럼 사방으로 튕겨져 나갔다.

5장

전왕 혁기명

"청문자다! 청문자가 나타났다!"

인추산 능선마다 빽빽하게 들어차 있던 군웅들의 입에서 감탄사가 연속으로 터져 나왔다.

누군가의 입에서 새어 나온 소리는 금방 메아리로 변해 인추산 전체로 퍼져 나갔다.

불현듯 나타난 청문자.

점창의 오행진이 꺾이기 직전에 나타난 그의 무력이 황수의 벌판을 붉게 타오도록 만들었다.

적진을 단독으로 헤집으며 그야말로 폭풍처럼 전진해 나가는 청문자의 신위에 군웅들은 온몸이 으슬으슬 떨리는 전율을 맛봐야 했다.

이곳에는 사천뿐만 아니라 전 무림에서 명성을 떨치는 무인들도 신분을 속인 채 두 문파의 싸움을 관전하고 있었다.

당장 눈에 들어온 자들만 하더라도 혈관음, 무정귀, 금면불마, 신산검옹 등이었다. 그들은 모두 무림 어디서라도 충분히 대접받을 만큼 대단한 무력을 지닌 자들이었다.

청성과 당문 역시 소속 문도들에게 엄명을 내려 함부로 움직이지 못하도록 만들었지만 소수의 최정예를 파견해 황수전투를 관전하는 중이었다.

사천의 세력 판도가 변할 수 있는 중요한 일전을 그대로 방치한다는 것은 있을 수 없는 일이니 어찌 보면 당연한 조치였다.

그런 무인들이 온몸을 떨며 청문자의 행보를 주시했다. 긴장으로 입술이 말라 들어갔고, 손아귀에 힘이 들어가 땀이 축축이 밴 상태에서 잠시도 눈을 떼지 못한 채 검을 따라 시선이 움직였다.

그것은 당문혁과 당운영도 마찬가지였다.

대적 불가의 위력. 절대고수의 힘이란 이토록 무서운 것인가.

일인의 힘으로 전장의 판을 완벽하게 뒤집어 버리는 청문자.

그를 바라보는 당문혁의 목소리가 잘게 떨려 나왔다.

"점창, 진정 무섭구나. 문주님의 용화 결단이 얼마나 현명한 것인지 이제야 알겠다."

"우방에 있던 단주급 고수들이 벌써 청문자에게 일곱이나 당했어요. 무너지던 점창의 오행진이 다시 살아났으니 이 싸움은 이제 끝난 것과 다름없어요."

"진정 믿을 수 없는 사실이다. 칠절문이 단둘에 의해 무너질 줄이야 누가 알았겠느냐."

당문혁의 자조 섞인 음성이 힘없이 흘러나왔다.

이십여 년간의 수련을 통해 쌓은 무공은 문주이자 숙부인 당청마저 인정해 줄 정도로 정심했고 스스로도 누구와 붙어도 쉽게 지지 않을 것이란 자신감을 갖도록 만들었다.

그의 연환십이참은 독왕으로 불리는 당문주 당청과 비교해도 떨어지지 않는다 했으니 충분히 그런 자신감을 가질 만했다.

이제 서른.

연환십이참이 구성에 이른 순간 당청은 그를 당문의 미래라 부르기 시작했다.

당문 역사상 단 세 명만이 익혔다는 만천화우가 되살아날 것이라는 기대 속에, 그는 가문의 전폭적인 지원을 받으며 칠비의 수장으로 자리 잡았다.

주변 사람들이 그를 소패왕이라 불러줄 때부터 사천이 비좁게 느껴졌다.

광활한 무림으로 나가 자신의 위명을 만천하에 떨치고 싶었다.

　그러나 그런 소망은 청문자와 운호의 무력을 견식하는 순간 산산이 깨져 버리고 말았다.

　새삼스런 부끄러움이 가슴속에서 치밀어 올라 얼굴이 붉어졌다.

　특히 운호의 믿을 수 없는 무력은 엄청난 충격을 가져다주었다.

　청문자는 공히 점창제일고수로 알려져 있었고 용화에서 이미 신검합일의 경지를 보여줬기 때문에 어느 정도 충격을 감쇄할 수 있었다. 하지만 저자는 아니었다.

　칠절문의 절정고수들을 단숨에 격파한 검력.

　그의 손에 쓰러진 자들은 절정에 속한 무인만 따져도 이십여 명에 달했다.

　집단전으로 벌어진 전장이라 해도 혼자의 힘으로 절반에 가까운 적의 수뇌부를 잡아냈다는 건 두 눈으로 보지 않았다면 절대 믿을 수 없는 일이었다.

　충격은 단순히 몸에 지닌 막강한 무력 때문만은 아니었다.

　투혼. 바로 불굴의 의지로 전장을 관장하는 운호의 투혼이 그의 마음을 옥죄었다.

　성한 곳 하나 없을 정도로 망신창이가 된 몸은 금방 쓰러져도 이상할 것이 없을 정돈였다. 그러나 그는 아직도 칠절문의 병력 속에서 한 마리 성난 호랑이처럼 포효하며 적진을 휩쓸고 있었다.

피가 냇물처럼 흘렀다.

배산임수의 아름다웠던 경치는 사람들이 흘린 피로 붉게 물들어 본래의 모습을 잃어버린 지 오래였다.

"헉헉!"

가빠진 숨이 목구멍을 가로막았으나 운호는 검을 다시 부여잡고 전장을 응시했다.

흘러내린 피가 손을 따라 흐르다가 검극으로 향했으나 그는 손아귀에서 검을 빼내지 않았다.

우방을 휩쓰는 청문자의 분전를 확인한 후에야 운호와 운상은 전진을 멈추었다. 그리고 왔던 길을 되짚어 오행진을 공격하는 칠절문의 병력 속으로 뛰어들었다.

더 힘을 내야 한다. 사형제들의 목숨을 보호하기 위해서는 힘들고 괴로워도 적의 칼을 자신에게 집중시켜야 한다.

그런 마음으로 운호는 적진을 종횡으로 쓸고 다녔다.

운상이 그 몸으로도 용케 따르며 뒤를 엄호해 줬기 때문에 기세가 뛰어난 자들을 중심으로 적의 진형을 파괴할 수 있었다.

얼마나 시간이 흘렀을까.

점창의 힘은 청문자가 나타나 우방을 깨기 시작한 지 불과 이각 만에 폭발하며 전장을 지배하기 시작했다.

다섯 배에 달하는 숫자의 차이 때문에 방어진을 구축해 싸움을 했을 뿐, 칠절문이 두려워 몸을 웅크렸던 것은 아니었다.

더군다나 청문자와 운호가 좌, 우방을 휩쓸며 절정고수들을 잡아줬기 때문에 점창의 선두를 이끌던 운풍은 지체 없이 오행진을 풀고 전진을 시작했다.

남아 있는 칠절문의 병력은 아직 이백에 달했으나 점창무인이 오행진을 풀고 진격하자 오히려 수세에 몰리며 후퇴했다.

수뇌부의 부재.

그리고 전장을 휩쓰는 절대고수들의 존재가 그들의 가슴에 두려움을 심어주어 제대로 된 싸움을 하지 못하도록 만들고 있었다.

균형이 무너지자 상대가 되지 않는 싸움이 되었다.

일방적인 도륙.

끝까지 저항하던 무인들이 하나둘 칼을 떨어뜨리자 칠절문의 남아 있던 백여 명의 무인도 거의 같은 시각에 자신의 병기를 접었다.

이미 승패가 결정된 전쟁이다.

무인으로서 문파의 명예를 위해 목숨을 버리고 싶었으나 그들에게는 간절히 그들이 돌아오기를 바라는 가족이 있었다.

그랬기에 눈물을 흘리며 피로 물든 대지에 무릎을 꿇고 적을 향해 고개를 숙여야만 했다.

전왕은 칼을 빼 들고 한동안 움직이지 않았다.

청무자의 기세를 확인한 순간 쉬운 싸움이 되지 않을 것이란 판단을 내렸다.

말도 안 되는 사실이다.

다 쓰러져 가는 문파 점창의 일개 장로가 무림십왕의 일인으로 불리는 자신과 맞상대할 수 있을 거란 생각은 꿈에도 해본 적이 없다.

그랬기에 단숨에 목숨을 끊어놓고 전장을 관장하며 청문자를 기다리려 했다.

하지만 그 생각은 틀렸다. 청무자가 검을 꺼내는 순간 온몸으로 다가서는 검기의 비늘을 확인하고 쓴웃음을 지어야 했다.

절대고수의 신위.

청무자의 몸에서 흘러나오는 기도와 기세는 십여 년 전 우연히 만난 검왕의 것과 흡사했다.

서로 간의 기파만 확인한 채 인사하고 헤어졌지만 승부를 본다면 이긴다는 장담을 하지 못할 만큼 그의 기세는 대단했었다. 그런데 청무자가 그런 기세를 보여주고 있었다.

도대체 무슨 일이 있었던 것일까? 너무 궁금해 물었으나 그는 명확한 대답을 해주지 않았다. 하긴, 이 마당에 그런 질문을 하다니.

그 대답은 칼을 꺼내 그의 미간을 겨누는 순간 알 수 있었다. 청무자의 눈이 자신에게 말하고 있었다. 오랜 세월을 한과 고통 속에서 살아왔다는 것을. 그 고통이 살을 바르고 뼈를 녹여 미친 세월을 살아가도록 만들었음을.

그런 세월을 뛰어넘어 검로의 끝을 봤으니 너무 이상하게 생각하지 말라며 그의 깊게 침잠된 눈은 붉은색 투지의 기운을 뿜어내고 있었다.

전왕은 천천히 허리를 접었다. 죽음을 각오한 수십 년의 수련 끝에 불가능을 뛰어넘어 절대의 경지에 들어섰음을 알게 되었으니 적으로 만났음에도 고개가 저절로 숙여졌다.

강자에 대한 예의.

혼과 신을 검에 담은 청무자는 충분히 존경받을 자격이 있었다.

무려 한 시진에 걸친 사투.

전왕과 청무자는 황수분지의 초입에서 시작한 싸움을 지천강변까지 이동시켰다.

칠절문도 점창의 무인들도 그들의 싸움을 방해하지 않으려 했으나 집단전의 힘은 자연스럽게 그들을 지천강변으로 밀어내 전장에서 이탈시켰다.

지독한 싸움 속에서도 전왕의 눈은 무심하게 가라앉아 있었다.

세속의 오욕을 모두 잊어버린 듯 그는 오직 청무자의 검을 따라 춤을 추었다.

문파를 세웠으니 사람들은 그를 종사라 불렀다.

혈육은 아니었으나 혈육처럼 지내던 의동생들과 사천을 종횡했고, 천하를 꿈꿨다.

즐거운 삶이었다.

사내로서, 무인으로서 하고 싶은 일을 마음껏 하며 지내온 인생이었으니 무슨 후회가 있겠는가.

고난과 역경의 세월도 있었으나 그 모든 것은 영광을 얻기 위한 길이라 생각하며 기꺼이 괴로움을 감내했다. 그런 세월을 거쳐 사천의 일각을 지배하는 문파를 건설했고, 무인으로서의 마지막을 화려하게 장식하기 위해 이 자리에 섰다. 어찌 기쁘지 않겠는가.

피가 흘러 개천을 이루었고, 수많은 이가 싸늘한 주검이 되어 분지를 가득 메웠으나 역겹다는 생각은 들지 않았다.

무인이란 어차피 죽고 죽이는 삶을 살아가는 자니 전장에 흐르는 비릿한 혈향을 세상에서 가장 매혹적인 향기로 여기며 살아왔다.

점창의 무인들이 사방을 에워싸며 다가왔으나 전왕은 그들을 무시하고 마지막 내력을 끌어올려 청무자를 향해 뇌전도법을 펼쳤다.

우르릉!

파천도에서 뿜어져 나온 기세가 공간 속에서 뇌전을 만들어냈다.

구름 한 점 없는 하늘에서 번개가 생성되어 청무자가 뿜어낸 부챗살 검기의 물결과 연속으로 충돌했다.

쾅! 쾅! 쾅!

굉렬한 폭음과 함께 두 사람의 신형이 붙었다 떨어지며 삼장을 벌려 섰다.

두 사람은 헐떡거리는 숨소리를 억지로 참으며 서로를 노려봤다.

벌써 한 시진이 넘도록 전력을 다해 부딪쳤기 때문에 전신은 상처에서 흐른 피로 붉게 물들었다. 내력은 고갈될 대로 고갈되어 제대로 허리를 펴지 못할 만큼 지쳐 있었다.

전왕의 입장에서는 최악의 상황이었다.

온전한 무력을 지녔다 해도 이렇듯 많은 점창무인이 포위하고 있다면 벗어날 길이 요원한데 지칠 대로 지쳐 있으니 황수를 벗어난다는 것은 불가능에 가깝다.

그리고 그것은 전왕 역시 바라는 바가 아니었던 모양이다.

"이보시오, 청무자."

"헉헉! 말해!"

"당신, 많이 지쳐 보이오."

"크크크, 나만 지쳤단 말이냐?"

"그럴 리가 있겠소. 헉헉, 나 역시 이제 다리가 잘 떨어지지 않는구려."

청무자의 반문에 전왕의 얼굴이 일그러졌다.

그의 얼굴은 온통 땀과 먼지로 뒤덮여 있었다. 여기저기 찢겨진 옷 사이로 피가 새어 나오는 중이었다. 그는 자신의 칼을 지탱한 채 간신히 시선을 들어 먼 곳을 바라봤다.

"내 형제들이 모두 싸늘한 주검으로 변해 저기 저곳에 뒹굴고 있구려. 이제 나도 가고 싶으니 멋지게 보내주시오."

"칼을 내리겠다는 뜻이냐?"

"그렇소. 당신을 이긴다 한들 무슨 의미가 있겠소. 마지막 순간까지 원 없이 칼을 휘둘렀으니 후회는 없소."

"그렇게는 못한다."

"왜 못하오?"

"무인으로서 승부를 보지 않는 죽음은 치욕이 될 것이다. 그대는 마지막 절초를 펼쳐라. 나 역시 전력으로 그대에게 회풍을 보여주마."

"늙은 뼈마디를 상하게 하고 싶소?"

"살 만큼 살았으니 죽음은 두렵지 않다. 하나 이대로 너를 보낸다면 죽을 때까지 후회하게 될 것 같구나. 나는 그것이 두렵다. 그러니 그대는 칼을 들라."

"푸하하, 듣고 보니 맞는 말씀이구려. 좋소, 원한다면 기꺼이 상대해 주리다."

생각을 고쳐먹은 전왕이 자신의 파천도를 끌어올리며 호탕하게 웃었다.

그의 노안에 담긴 웃음이 참으로 맑았다.

마치 푸른 하늘처럼.

전왕은 칼을 끌어올린 후 몸을 틀어 자세를 잡은 청무자를 향해 뇌전도법의 최후 초식, 금마사풍(金馬社風)을 펼쳤다.

삼 장을 격하고 도약하며 마지막 숨결 속에 남아 있는 내력까지 뽑아내어 칼을 뿌렸다.

사람에게는 원천진기가 있고, 절대고수는 아무리 지쳐도 최악의 순간을 대비해 단전 한 곳에 일정의 내력을 갈무리해 놓는다. 전왕은 그 모든 내력을 하나하나 끌어내어 파천도에 담아 청무자를 향해 도약했다.

하늘에서 붉은 번개가 미친 듯 떨어졌고, 공기를 찢어발기는 뇌성이 사방을 진동시켰다.

과연 명불허전. 무림십왕에 포함된다는 전왕의 마지막 일격은 오 장을 격하고 포위하고 있는 점창무인들을 밀어내 고스란히 청무자의 전신으로 떨어져 내렸다.

그린 듯이 서 있던 청무자의 신형이 움직인 것은 전왕의 칼에서 번개가 쏟아져 나올 때였다.

검기의 회전과 중첩.

중첩이 중첩을 낳고 원과 원이 서로 싸고돌며 번개를 향해 폭사되었다.

원형의 검기는 룡이 되어 허공을 날았다.

그리고 사방에서 내려오는 번개를 잡아먹으며 곧장 전왕을 덮쳤는데 수많은 충돌이 있었음에도 이전과는 다르게 어떠한 소음도 발생하지 않았다.

소음은 없었지만 충격의 여파는 컸다.

충돌된 기파는 사방을 휩쓸며 돌풍을 만들어냈고, 삼 장의 범위를 완전하게 초토화시켜 완벽하게 빈 공간으로 만들어 버렸다.

전왕은 바닥에 누운 채 숨을 헐떡거리다가 기침을 하며 피를 게워냈다.

그의 옆구리는 반이나 갈라져 내장이 끊어진 채 흘러나오고 있었다.

그러나 상처는 그것만이 아니었다.

왼팔은 잘려 바닥을 뒹굴었고, 검에 찔린 목구멍에서도 피가 계속해서 솟구쳤다.

그럼에도 그는 반대쪽에 쓰러져 있는 청무자를 확인한 후 칼을 지탱해 억지로 몸을 일으켰다.

그런 후 푸른 하늘을 우러러 미친 듯이 커다란 웃음을 터뜨렸다.

"…참으로… 죽기 좋은… 날이로다."

쓰러진 청무자를 향해 사람들이 급히 다가와 그의 몸을 확인했다.

가슴과 허리, 어깨 등 도상은 모두 아홉 군데였는데, 특히 허리에 난 상처는 너무 커서 한 치가 넘게 살이 벌어져 있었다.

그럼에도 청무자는 사람들이 다가오자 스스로의 힘으로 일어서기 위해 몸부림을 쳤다.

아직도 해야 할 일이 남았다고 생각하는 모양이다.

그러나 청무자는 급하게 나선 청문자로 인해 다시 땅바닥에 눕혀지고 말았다.

"사형, 그냥 계세요."

"사제 왔는가."

"많이 다치셨습니다."

"그런 것 같아. 꼼짝도 못하겠는 걸 보니 말이야."

"죄송합니다. 제가 늦게 오는 바람에……."

"별 소릴 다하는군. 그 덕에 내가 전왕을 잡았잖아. 다신 그런 소리 하지 마."

"허허, 사형께서 공을 노리셨던 모양이오."

"원래 내가 공명심이 커. 그건 그렇고, 우리 피해는 얼마나 되는가?"

"일단 치료부터 하시지요. 그건 나중에 말씀드리겠습니다."

"자네 표정을 보니 피해가 큰 모양일세. 도대체 얼마나 되기에 그러나?"

"지금 파악 중이지만 꽤 되오."

"청허 사형께서 날 죽이려고 하겠구나."

청문자가 정확한 대답을 피하고 금창약과 붕대를 꺼내 들자 청무자의 얼굴이 급속도로 어두워졌다.

전왕을 가로막느라 전장을 관장하지 못했다.

다행히 싸움은 이겼으나 얼마나 많은 피해를 입었는지 알수 없으니 주변을 둘러보는 그의 마음은 새까맣게 타들어갔다.

자신 역시 극심한 상처를 입었음에도 그는 주변을 둘러보며 제자들의 얼굴을 확인했다.

혹시라도 아는 얼굴이 안 보일까 걱정하는 시선이 사람들사이를 떠돌며 흔들리고 있다.

거대한 전쟁을 치렀으니 어찌 아군의 피해가 없겠는가.

그럼에도 그는 걸레가 되어버린 자신의 상처는 안중에도두지 않고 부지런히 제자들의 면면을 확인하느라 정신이 없었다.

그런 청무자를 바라보며 청문자의 눈시울이 붉어졌다.

사형의 늙은 육신은 성한 데가 하나 없을 정도로 엉망이라치료를 하면서 손이 자꾸 미끄러졌다.

자신이 조금만 더 빨리 왔더라도 전왕을 막을 수 있었을 텐데 그 수고로움을 사형이 맡으면서 이토록 엉망이 되어버렸다.

그럼에도 청무자를 바라보는 그의 눈에는 안타까움과 함께 자랑스러움이 들어 있었다.

수많은 군웅 앞에서 당당하게 전왕을 꺾은 청무자.

앞으로 청무자란 이름은 천하무림을 쩌렁하게 울리며 강자들과 어깨를 나란히 하게 될 것이다.

점창제자들이 전장터를 전전하며 사형제의 시신을 수습하는 동안 살아남은 칠절문 무인들 역시 죽어간 동료들의 시신을 한곳으로 모았다.

점창의 무인들과는 달리 그들은 칼을 들었다.

전쟁에서 죽은 시신은 커다란 구덩이를 파서 한꺼번에 묻는 것이 강호의 전통이기 때문에 시신을 모두 모은 후 땅을 파기 시작했다.

워낙 많아 한곳에 묻을 수 없어 인원을 나누어 구덩이를 팠는데 그 수가 서른에 달했다.

땅을 파는 그들의 눈에서는 굵고 진한 눈물이 흐르고 있었다.

같이 가지 못했다는 죄책감과 살아생전 함께했던 추억이 그들의 가슴을 괴롭히고 있음이 분명했다.

모든 시신이 거둬졌음에도 오직 전왕만은 그대로 방치되

어 있었다.

적장의 시신에 대한 처리는 승자의 권리이기 때문에 칠절문의 무인들은 점창무인의 눈치를 보며 애써 전왕의 시신을 외면했다.

그러나 오직 한 사람만은 달랐다.

청수했으나 왜소한 외모의 중년인. 다름 아닌 천수였다.

천수는 지천강을 바라보며 칼을 의지한 채 죽어 있는 전왕에게 다가와 천천히 바닥에 뉘였다.

부릅떠져 있는 전왕의 눈을 한참 동안 바라보며 움직이지 않았다.

그의 눈에서 눈물이 홍수처럼 흐르기 시작한 것은 전왕의 몸에 한쪽 팔이 없음을 확인한 후부터였다.

"주군, 아쉬움이 남아서 눈을 감지 못한 건 아닐 테지요. 그래도 이리 엉망이 되어 있으니 내 마음이 찢어질 듯 아프오. 잠시만 기다리시면 팔을 찾아오리다."

시신을 가지런히 정리한 천수가 비틀거리며 일어나 사방을 찾아 전왕의 왼팔을 가져왔다.

그런 후 자신의 윗옷을 벗어 잘린 왼팔을 시신에 고정시켰다. 심력이 고갈되어선지 손이 마음처럼 움직이지 않아 한참이 걸렸다.

"설마 내가 같이 안 가서 서운해하시는 건 아니겠지요? 허허, 그래도 잠시만 기다리세요. 가더라도 칠절의 이름을 세상에서 멋있게 지우고 가야 하지 않겠습니까. 주군께서는 언제나 귀찮은 건 다 저한테 맡기셨으니 이번에도 제가 알아서 하리다."

그는 여전히 눈물을 흘리며 전왕의 애도인 파천도를 손에 들고 일어섰다. 그리고는 힘겹게 땅을 파기 시작했다. 내력이 없는 그의 손길은 둔하기 그지없어 한참이 지나도 구덩이는 모습을 드러내지 않았다.

한 사람이 다가온 것은 그가 구덩이를 판 지 이각이 지났을 때다.

"그대가 천수요?"

"그렇소. 그대는?"

"운풍."

"점창의 장문제자시구려."

"나를 아는 모양이오."

"운남을 공략하려 했는데 십삼검의 수장인 운풍을 모르겠소."

천수의 대답에 운풍의 고개가 작게 흔들렸다.

막상 대답을 듣고 보니 당연한 말이기 때문이다.

그렇다고 해서 긍정의 표시를 하지도, 천수를 바라보는 시선이 바뀐 것도 아니다.

그의 시선은 천수에 대한 적개심으로 가득 차 있었다.

"왜 그런 짓을 했소?"

"뭘 말이오?"

"운남은 척박한 땅이오. 사천의 그 풍요로운 물산을 놔두고 왜 운남을 욕심낸 거요? 보시오. 당신의 그 하잘것없는 욕심 때문에 벌어진 결과를!"

"다 아시면서 그러오. 그릇에 물이 차면 넘치는 게 당연한 이치 아니겠소. 무인이 아닌 나도 그 이치를 아는데 무인인 당신은 왜 모른다 하시오."

"아직도 정신을 못 차리고……. 물을 그릇에 채우는 건 사람의 욕심 때문이오. 그런 궤변으로 죄를 면하려 하오?"

"그대는 내가 변명하는 것으로 보이오?"

"변명이 아니면!"

"나는 오직 사람 사는 세상의 이치를 말했을 뿐이오. 가난한 자는 부자가 되기를 원하고 힘없는 자는 강한 자를 동경하오. 같은 맥락으로 부자는 더 큰 부자가 되길 원하고 힘을 갖춘 자는 더욱 큰 힘은 원하게 되니 칠절문의 행사는 그 이치에 따른 것이라 생각하면 될 것이오."

"역시 궤변이로다!"

천수의 달변을 듣고 있던 운풍이 고함을 질렀다.

그의 손에는 검이 들려 있었는데 어느새 손을 썼는지 천수의 왼팔이 잘려 땅바닥에서 퍼덕거리고 있었다.

생살이 찢겨져도 아픈데 팔이 잘렸으니 얼마나 아플까.

하지만 천수는 하얗게 질린 얼굴로 그저 운풍을 바라보며 덤덤하게 입을 열었다.

"왜 목을 치지 않으셨소?"

"당신의 행동을 아까부터 지켜보았기 때문이오. 이것은 점
창이 그대에게 내리는 제약이오. 그렇게 하지 않을 것이라 믿
지만 만약 이 모든 것을 정리하고 스스로 목숨을 끊지 않는다
면 그때 다시 점창의 검이 그대를 찾으리라."

운풍은 성큼 다가와 천수를 구덩이에서 들어낸 후 잘린 팔
의 혈도를 제압하고 상처를 치료했다.

그리고 천수가 쥐고 있던 파천도를 대신 잡고 구덩이를 파
기 시작했다.

운풍을 바라보는 천수의 눈은 더없이 평온하게 가라앉아
있었다.

혈인으로 변한 운호와 운상은 칠절문의 무인들이 칼을 놓
고 항복할 때까지 야차처럼 버티다 모든 것이 끝난 후에야 바
닥에 쓰러졌다.

점창무인들은 피투성이로 변해 있는 그들을 지천강변으로
옮겼다. 상처가 너무 심해 조심하느라 상당한 시간이 걸렸다.

검귀가 되어 황수분지를 종횡한 두 사람.

전장의 판세를 완전히 뒤집어놓은 운호와 운상의 무력은
진정 경이적인 것이었다.

그들을 대하는 점창무인들의 태도는 극도의 공경이 담겨

있었다.

운자배 사형들은 전장을 정리하느라 황수분지 곳곳에 흩어져 있었기 때문에 운호와 운상을 돌보는 것은 명자배 제자들이었다. 그들은 함부로 말조차 붙이지 못하고 그저 조심스럽게 치료만 한 후 멀찍이서 경계를 섰다.

상처가 심할 뿐 정신을 잃은 것은 아닌 운호가 옆에 누운 운상을 바라봤다.

얼마나 힘들었는지 운상은 두 눈을 꼭 감고 있었는데 가슴이 불규칙적으로 움직이는 것을 보니 잠이 든 것 같지는 않았다.

"아프냐?"

"말 시키지 마. 힘들어 죽을 지경이니까. 이게 다 너 때문이야."

"내가 어쨌다고."

"너 따라다니다가 이렇게 된 거니까 네 책임이지! 무슨 놈이 그렇게 미친 듯이 뛰어다녀!"

어느새 눈을 뜬 운상이 인상을 잔뜩 쓴 채 소릴 질렀다.

고통이 심했던지 소리를 질러놓고 끙끙거리며 앓는 소리를 냈다.

운호의 입에서 저절로 웃음소리가 흘러나왔다.

싸울 땐 사신 같던 놈이 이럴 때는 귀여운 구석이 있다.

그런 운호의 얼굴에서 웃음이 지워진 것은 석양을 등지고 한 여인이 다가왔을 때였다.

웃음 대신 떠오른 놀라움.

그녀는 다름 아닌 당운영이었다.

"소저가 어찌?"

"지금 이곳에는 수많은 무인이 몰려 있어요. 바로 점창과 칠절문의 황수전투를 보기 위해서죠. 저도 그중 한 명이구요."

"그렇구려."

"그나저나 소협은 저를 볼 때마다 매번 다쳐 있군요."

"미안하오."

운호가 많이 놀랐던지 반쯤 일어선 상태에서 말끝을 흐리자 당운영이 다가와 원래대로 눕혔다. 그리고는 품에서 당문의 비전 활인고를 꺼내 꼼꼼하게 치료하기 시작했다.

그녀의 손길은 정성으로 가득 차 있었는데 그러는 와중에도 질문은 멈추지 않았다.

"왜 미안하죠?"

"소저에게 매번 좋은 모습을 보여주지 못해서 그런가 보오."

"소협이 싸우는 거 지켜보고 있었어요. 정말 잘 싸우더군요. 대단했어요."

"과찬이오."

"한 가지 물어봐도 되나요?"

"내가 대답할 수 있는 거라면 대답해 드리리다."

"의빈에 마검이 나타났다는 소문을 들었어요. 혹시 소협이 마검과 관계가 있나요?"

"그게……"

당운영의 질문이 의외였기 때문에 운호는 쉽게 대답하지 못하고 말끝을 흐렸다.

무슨 의도인지 쉽게 이해가 되지 않는다. 전쟁이 끝나자 기다렸다는 듯 나타난 그녀의 존재는 판단력을 흐려놓는 데 충분하고도 남았다.

세상에 나와 처음 만난 여인. 목숨을 구해주었고, 그에게 잊지 못할 추억과 감정을 선사한 여인이다. 그랬기에 운호는 대답 대신 그녀를 물끄러미 바라보았다.

대답이 나온 것은 엉뚱하게도 운상에게서였다.

"의빈에 있던 마검을 말하는 거라면 그가 맞소. 그러니 이제 나도 좀 치료해 주시오. 저 친구보다 내 상처가 훨씬 심하다오."

점창무인들이 칠절문 무인들을 남겨놓고 후퇴를 시작한 것은 석양이 붉은 노을을 동쪽에 펼쳐놓은 저녁 무렵이었다.

스물다섯의 시신은 천으로 꼼꼼히 싸서 운반했고, 상처가 심한 자들은 동료들의 부축을 받았다.

가까운 도시로 가서 마차와 수레를 구하지 않으면 움직이기 어려울 정도로 사상자의 수가 많았기 때문에 이동은 매우 느렸다. 더군다나 상처가 심한 제자들은 황수에 남아 치료를 해야 하니 분지에서 벗어나면 여러 갈래로 나뉘어야 될 터였다.

양문에서 벌어진 싸움도 점창의 승리로 결정되었지만 그곳에 있던 청명자를 포함해 많은 수가 죽거나 사경을 헤매고 있다는 소식이 들려왔다. 때문에 후퇴하는 점창무인들의 분위기는 무거울 대로 무거울 수밖에 없었다.

하나 그 와중에도 그들의 얼굴에는 자부심이 가득 들어차 있었다.

비록 혈육처럼 지내던 사형과 사제, 그리고 사질들을 잃었지만 백여 년간 지속되어 온 한을 풀어냈으니 어찌 가슴속에 든 것이 슬픔만이겠는가.

그랬기에 걸음은 느렸지만 당당하게 움직였다.

이젠 돌아간다.

꿈속에서조차 잊지 못하던 점창산으로.

6장

운문 수련

천하가 발칵 뒤집어졌다.

황수분지의 전투 결과는 직접 싸움을 지켜본 자들의 전언과 문파 간의 전서를 통해 급속도로 천하에 퍼져 나갔다.

점창의 일방적인 승리.

그 누구도 예상하지 못한 황수전투의 결과는 천하를 경악속으로 몰아넣었다.

향후의 무림 정국 또한 예상의 범위를 확대시켜 섣불리 결과를 추측할 수 없도록 만들었다.

삼십팔무맥 중 제일 끝자리에 있던 점창이 칠절문을 격파했다는 것은 세간의 평가가 얼마나 허술했는지를 알려주는 것이었다.

더구나 승부가 너무나 일방적이었기 때문에 천하는 경악 속에서도 점창의 무력 순위를 재평가하는 작업에 열을 올려야 했다.

무림십왕에 속하는 전왕을 쓰러뜨린 것은 정풍검으로 알려진 청무자였다.

현재 강호에 알려진 점창제일고수는 청문자였다. 그런데 그가 아닌 청무자가 전왕을 쓰러뜨리자 세인들은 백대고수의 무력 서열을 재편하느라 골머리를 앓았다.

결국 청무자는 전왕의 서열을 이어받는 것으로 결정 내려졌으나 문제는 청문자였다.

황수에서 청문자의 신위를 직접 목격한 군웅들은 그로 인해 전쟁의 승패가 바뀌자 그의 서열을 어디까지 끌어올릴지 난상토론을 벌여야 했다.

그러나 쉽게 결정 내릴 수 없었다.

백대고수 중 상위에 속한 자들은 그야말로 순위가 의미 없을 만큼 막강한 무력을 지닌 무인들이었다. 세인들은 청문자의 서열을 무림십왕의 위쪽에 배정하는 것으로 의견을 모으고 더 이상의 이견을 받아들이지 않았다.

하지만 진짜 고민을 하게 만든 자는 다름 아닌 마검이었다.

의빈에서 황룡단의 절반을 격파했고 칠절문의 암천이라는 구룡단을 혼자 전멸시켰으며, 십오천강과 칠절 중 셋을 한꺼번에 잡아낸 무력을 두고 강호의 호사가들은 할 말을 잃은 채 평가를 유보했다.

무력은 청문자에 비해 절대 뒤지지 않았으나 백대고수에 포함시키기에는 너무 젊었고, 청문자와 달리 수많은 부상을 입은 채 결국 쓰러졌다는 게 그 이유였다.

부족했으나 한편으로는 이해가 되었기에 사람들은 찜찜함 속에서도 호사가들의 의견에 고개를 끄덕이고 말았다.

하지만 호사가들은 물론, 세인들도 조만간 그가 무섭게 성장해 강호의 무력 서열을 재편할 것임을 믿어 의심치 않았다.

그렇다면 현재 점창 전력은 어느 정도일까?

점창에는 백대고수에 포함된 무인들을 제쳐놓고라도, 당문의 일각을 격파한 후 양문전투에서 칠절문의 단주들을 박살 낸 풍운대가 있었다. 또한 오행진을 이끌며 절정고수들의 합공을 버텨낸 십삼검 역시 고스란히 남아 있다.

더군다나 오행진을 구성한 채 다섯 배가 넘는 적과 싸운 점창무인들은 일류가 아닌 자가 없었으니 점창의 전력은 삼십팔무맥 중 중위권은 충분하다는 게 사가들의 공통적인 평가였다.

장문인인 청현자를 비롯해 청허자와 청우자 등 산에 남아 있던 제자들이 산문까지 나와 동문들의 귀환을 맞아들였다.

가뜩이나 초조하게 기다리고 있던 사람들의 얼굴은 시신

을 확인하자 더없이 어두워졌다.

사십에 달하는 시신은 운자배가 열셋이었고 명자배가 스물일곱이었다.

사문의 영광을 위해 죽어간 사람들.

눈을 감는 그 순간까지 그들은 오직 사문의 안녕을 생각하며 산화해 갔음이 분명했다.

시신을 바라보는 점창무인들의 입에서 끝없는 도호가 흘러나왔다.

그들의 뜻이 자신과 같음이니 그들의 죽음이 곧 자신의 죽음과 다름이 없다.

마중하러 나온 제자들은 귀환한 사람들로부터 하나씩 시신을 넘겨받아 상청궁으로 향했다.

같이 살아온 세월이 얼만데 슬프지 않겠는가.

하지만 무인이 되어 검을 잡았으니 어찌 슬픔에만 빠져 가는 길을 배웅하지 않을 테냐.

그랬기에 성한 자나 다친 자 모두 하나가 되어 상청궁으로 향했다.

장문인의 주관으로 치러진 장례식은 그리 오래 걸리지 않았다.

무위자연(無爲自然).

도가의 근본정신은 자연과 내가 하나 됨이니 죽음 또한 그러하다.

결코 슬퍼해서는 안 되는 일이었으나 장례를 치르는 동안 상청궁은 울음바다로 변해 있었다.

추억을 같이했던 사람들.

기쁨과 슬픔을 함께 나누었던 형제들의 죽음은 남은 자들의 억장을 무너지게 만들어 끊임없는 눈물을 흘려내게 했다.

청명자가 머무는 상화각.

양문에서 벌어진 전투에서 청명자는 검절과 창절의 협공을 겪으며 다섯 군데의 깊은 상처를 입었다. 적들의 수뇌부를 잡으면서 또다시 세 군데의 부상을 당했음에도 끝끝내 제자들을 지휘해 점창으로 돌아온 후에야 의식을 잃었다.

그는 장례식이 끝나고 꼬박 하루 반나절 동안 정신을 잃어 청허자를 비롯해 사형제들의 속을 새카맣게 태웠다.

상처가 큰 데다 제자들의 죽음에 대한 죄책감 때문에 심신이 고갈된 상태에서 의식을 잃었으니 기다리는 사람들의 걱정은 클 수밖에 없었다.

다행스럽게 그의 의식이 돌아온 것은 장례를 치른 그다음 날 저녁 무렵이었다.

청명자가 의식을 찾았다는 전갈을 받은 청허자가 노구를 이끌고 상화각으로 들어서자 사람들이 급히 일어섰다.

방 안에는 이미 청현자와 청우자, 그리고 청문자가 먼저 와서 기다리고 있었다.

"청명아, 괜찮으냐?"

"사형, 소제가 부족해 너무 많은 제자가……."

청허자의 물음에 전신을 붕대로 두른 채 누워 있던 청명자가 말을 맺지 못하고 주르륵 눈물을 흘렸다.

그는 흐르는 눈물을 막지 못하고 고개를 돌렸는데, 이틀 사이에 몇 년은 더 늙어 보였다.

어깨를 청허의 늙은 손이 그의 어깨를 어루만졌다.

"그게 어찌 너의 잘못이겠느냐."

"크윽, 사형!"

"죽은 아이들은 웃으면서 갔을 것이다. 너와 여기 있는 사람들처럼 그 아이들도 점창을 사랑했는데 어찌 너를 원망하겠느냐. 그러니 너무 죄책감을 갖지 마라."

면포를 손에 든 청허자의 손이 천천히 움직여 울고 있는 청명자의 눈물을 닦아냈다.

주름살이 가득한 손.

그의 손은 온통 주름살이 가득해 사람의 손으로 보이지 않을 정도였다.

그럼에도 그는 그 손을 들어 사제의 슬픔을 정성스레 닦아냈다.

사제의 슬픔을 바라보는 그의 눈에도 어느새 눈물이 맺혀 있었다.

산으로 귀환한 지 삼 일이 지났지만 풍운대가 머무는 용호각은 약 냄새가 진동했다. 방마다 둘셋씩 누워 눈만 껌벅거리고 있었다.

워낙 심하게 다쳤기 때문에 일어설 수 있는 사람은 운곡과 운여가 전부였다.

운곡은 그 난전 속에서도 용케 중상을 면했고, 운여는 운호를 찾으러 가느라 전쟁에 가담하지 못했다.

운곡은 장문제자인 운풍이 불러 자리를 비웠기 때문에 운여가 사형제들의 온갖 심부름을 도맡아 했다.

큰 상처를 입은 자들은 누워 있는 경우가 대부분이었다. 그나마 고통을 완화시키기 위해 사문에서 특별히 조제된 진통제를 쓰기 때문에 쉽게 잠에 취한다.

풍운대도 마찬가지였다.

밥을 먹고 나서 온갖 심부름을 시키던 사형들이 약을 먹은 후 수면 상태로 들어가자 그때서야 여유를 얻은 운여가 슬그머니 운호와 운상이 든 방으로 들어왔다.

"자냐?"

"그러려고. 왜?"

"심심해서 그러지. 운호야, 시간도 많은데 잠은 나중에 자고 사천에서 있었던 이야기나 해줘."

"대충 얘기해 줬잖아."

"그거 말고 재밌는 거. 너 당가 아가씨 만났다며. 청성일미도 만났고. 그 이야기 좀 자세하게 해봐."

"이놈이 젯밥에 관심이 있었군."

"크크크, 원래 얌전한 고양이가 먼저 부뚜막에 올라간다고
했어. 내가 봤을 때 저놈은 고양이가 분명해."

운호가 먼저 타박을 줬고, 운상이 기괴한 웃음을 흘리며 그
뒤를 따랐다.

그러자 운여가 대뜸 손가락을 들어 운호와 운상의 가슴을
쿡쿡 찔렀다.

"야, 아퍼!"

"그러니까 왜 폭력을 쓰게 하냐고."

"알았다, 알았어. 얘기해 줄게. 그만해."

"흐흐, 까불고 있어. 운상아, 넌 자도 돼. 다 들었다며."

"옆에서 떠드는데 어떻게 자, 인마."

"좋아, 대신 운호 얘기하는데 끼어들지 마. 네가 끼어들면
사실성이 떨어질 것 같으니까. 입 꾹 다물고 있어. 안 그러면
이 손가락으로… 알지?"

"쳇, 이제 보니 흉악한 놈일세. 알았다. 안 끼어들게."

운여의 협박에 운상이 입을 닫자 운호가 유쾌한 웃음을 터
뜨렸다. 그리고는 천천히 사천에서 있었던 일의 이야기를 시
작했다.

연신 터지는 웃음. 입을 닫고 있겠다던 운상은 언제 그랬냐
는 듯 이야기 중간마다 끼어들었지만 운여는 타박하지 않고

연신 감탄사를 터뜨리며 귀를 기울였다.

산에서만 살던 젊은 도사 운여는 아름다운 여인의 이야기에 흠뻑 젖어 시간 가는 줄 몰랐다.

그로부터 칠 일이 지나자 풍운대는 하나둘 자리를 박차고 일어났다.

현천기공의 요상 능력이 탁월했고 내력 또한 정심했기 때문에 상처는 빠르게 아물었다.

귀환한 지 십 일이 지나자 풍운대는 용호각을 벗어나기 시작했다.

천생 무인일 수밖에 없는 자들이다. 그들은 누워 있으면서 하나의 생각만 하고 있었다.

칠절문과의 전투는 그들에게 많은 것을 느끼게 해주었다. 초식의 변화와 응용, 그리고 진퇴의 묘리와 내력의 증강, 적정의 원리 등 수많은 검리가 머릿속을 가득 채웠다

이런 경험은 사선을 넘나든 자들에게만 찾아오는 선물이었으니 반드시 각성해 자신의 것으로 만들어야 했다.

풍운대는 자리에서 일어나자마자 용호각을 벗어나 자취를 감추고 나타나지 않았다.

운각에는 운호만 덩그러니 남아 있었다.

며칠간 같이 지내던 운상과 운여마저 운호에게 집 잘 지키라는 말만 남기곤 냉큼 가출하고 말았기 때문이다.

기약 없는 출행이다.

상승 검로에 접어든 자들의 수련은 그 검리의 진보가 일순간이 될 수도 있고 영원이 될 수도 있기 때문에 언제 돌아온다고 약속하지 못한다.

물론 점창산 여기저기 흩어져 공간을 만들고 수련에 전념할 테니 마음만 먹는다면 충분히 찾을 수 있을 테지만, 찾을 이유도 없고 찾아서도 안 된다.

혼자 남게 된 운호는 사형제가 용호각으로 돌아오지 않자 대청소를 시작했다.

빗자루를 들어 마당 곳곳을 쓸고 걸레를 만들어 방마다 돌아다니며 구석구석 닦아냈다.

사형들이 수련을 위해 출행하면서 어지럽혀 놓은 물건들을 말끔하게 정리했고, 자신의 것도 하나씩 꺼내 묶은 후 한쪽에 몰아넣었다.

그 후 마당에 나와 용호각을 한참 바라보다 지체 없이 몸을 날려 운문으로 향했다.

운문은 그가 처음으로 청문자에게 무공을 배웠던 곳이다.

초심으로 돌아가 처음부터 다시 시작한다.

얼마가 걸리든 만족할 만한 성과를 이루지 못하면 운문에서 내려오지 않을 생각이다.

세월은 유수와 같이 흘러 칠절문을 격파한 황수전투가 끝난 지 벌써 일 년이 지났다.

어느덧 다시 찾아온 가을.

상청궁의 방장실에 청 자 항렬의 장로들이 모여든 것은 햇빛이 나른하게 변하던 따뜻한 오후였다.

오늘은 일 년에 두 번 열리는 장로회의가 있는 날이다.

방에 모인 사람은 청면자를 뺀 일곱.

청면자는 예전 춘경장에서 다친 상처가 다시 도지면서 근래 일어서지 못할 만큼 병세가 악화되었기 때문에 빠졌다. 하지만 나머지는 모두 참석했고, 장문제자인 운풍까지 자리를 같이했다.

그만큼 오늘 회의가 중요했기 때문이다.

나이가 든다는 것은 홀로 지내는 시간이 많아진다는 것을 의미한다.

더군다나 점창은 검문이었으나 선도사상을 근간에 둔 도문이기도 했다. 장문인을 뺀 나머지 장로들은 각자의 처소에서 수행에 매진하거나 후학들을 돌보았기 때문에 서로의 얼굴을 보기가 어려웠다.

그들의 처소는 적게는 일 리부터 많게는 오 리까지 떨어져 있어 작정하지 않으면 만나기가 쉽지 않았다.

오랜만에 마주한 사형제의 얼굴에서는 웃음이 떠나지 않았다.

일부러 찾기는 어려워도 이런 기회가 되어 만나면 언제나 한창때의 감정으로 돌아가곤 했다.

그런 사형들을 바라보며 중앙에 앉은 장문인 청현자가 천천히 입을 열었다.

"오늘은 날씨가 무척 따뜻하군요. 오시는 데 불편함은 없으셨는지요?"

"천천히 걸어왔소. 가을날의 산보가 참으로 즐겁더구려."

"정정하신 모습을 보니 기쁘기 한량없습니다."

앉아 있어도 허리를 펴지 못하는 청허자의 대답에 청현자가 부드러운 미소로 화답했다.

그러나 그것은 말뿐.

청허자는 그사이에 더욱 늙어 이제 움직이는 것조차 힘들어 보일 만큼 기력이 떨어져 있었다.

그럼에도 청허자가 밝은 모습을 보이자 장로들은 장문인의 덕담에 고개를 끄덕이며 맞장구를 쳤다.

그들은 진정으로 청허자의 노쇠함을 받아들이기 싫어하는 것 같았다.

하지만 그것은 그들의 욕심에 불과했다.

고개를 끄덕이는 그들조차도 청무와 청문, 청현을 빼면 전부 칠십이 넘은 고령이다.

얼굴엔 주름이 가득하고 손은 기름기가 빠져나가 살이 접힐 대로 접혀 있었다. 누가 봐도 죽을 날이 얼마 남지 않는 노인들이었다.

그들은 언제나 그렇듯 만나면 중구난방으로 떠들었기 때문에 청현자는 한동안 그저 지켜만 봐야 했다. 그리고 그것을 중지시키는 건 항상 청허자의 몫이었다.

"됐으니 그만 조용히 해. 늙으니까 전부 입으로 양기가 올라왔나, 왜들 그리 말이 많은 게야!"

참으로 신기한 일이다. 단순하게 바닥을 몇 번 쳤을 뿐인데도 좌중은 단박에 대화를 멈추고 멀뚱멀뚱 장문인을 쳐다봤다.

그들이 청허자가 아니라 장문인을 쳐다본 것은 대사형이 그를 위해 나섰다는 것을 너무나 잘 알기 때문이다.

"허허, 그럼 지금부터 장로회의를 시작하겠습니다. 먼저 사형들께 몇 가지 사문의 일에 대해서 보고토록 하겠습니다."

"들어봅시다. 그동안 무슨 일이 있었기래 장문인의 얼굴이 그리 밝은 게요?"

"지난 일 년 동안 본산 제자가 서른이 늘었습니다. 그리고 속가제자는 백을 받았고요."

"정말이오?"

빙그레 웃은 장문인이 기꺼운 목소리로 말을 하자 좌중에 있던 장로들이 동시에 반문을 해왔다.

믿겨지지 않은 사실.

그들이 산에 들어온 이래로 일 년 동안 받은 제자의 수는 기껏해야 열이 채 안 되었고 그마저 점점 줄어드는 추세였다. 더군다나 속가제자는 근래 몇 년 동안 받아본 적이 없으니 놀라는 것은 당연한 일이었다.

청현자의 목소리는 작았으나 그 역시 흥분을 감추지 못하겠는지 잘게 떨려 나왔다.

"그렇습니다. 칠절문을 꺾었으니 세상 사람들이 점창을 다시 보게 된 모양입니다. 사형들의 노고에 의해 사문이 다시 부활의 날갯짓을 시작했습니다. 진정 감사드립니다."

"그게 어찌 우리 힘 때문이겠소. 장문인께서 덕으로 점창을 이끌었기 때문에 만들어진 결과 아니겠소. 겸양의 말씀이시오."

"그리 말씀해 주시니 고맙습니다."

"그런 이유라면 제자들의 수가 계속 늘지 않겠소? 그동안 입산하는 제자들이 적어 도관을 짓지 않았는데 어찌할 생각이시오?"

"아시다시피 정식으로 도명을 받기 위해서는 일 년 동안 기본 수양을 쌓는 과정을 거치게 되어 있습니다. 그것은 속가도 마찬가지이기 때문에 그동안 방치되어 있던 수련관을 새로 손봐서 쓸 생각입니다."

"너무 낡지 않았소?"

"그렇지요. 하지만 새로 짓지는 않을 생각입니다."

"음, 장문인께서 고민을 많이 하셨겠지요. 알아서 하시구려."

청현자가 말을 끊어버리자 장로들이 고개를 주억거리며 입을 닫았다.

백 년 동안 쇠퇴의 길을 걸어온 사문이다.

이제 기지개를 켰을 뿐 바닥난 재정이 단숨에 바뀌는 것이 아니란 걸 누구보다 잘 알고 있다.

그랬기에 그들은 장문인의 결정에 토를 달지 못하고 슬며시 고개를 돌렸다.

청현자가 맨 끝 자리에 앉은 운풍을 부른 것은 어색함을 떨쳐 버리고 장로들의 고개가 다시 돌아왔을 때다.

"이제 다른 사항은 그동안 실무를 맡아 처리한 운풍이 보고 드리겠습니다."

청현자의 말이 끝나자 운풍이 자리에서 일어나 고개를 숙여 예를 표한 후 입을 열었다.

그의 말투는 언제나 정중함을 잃지 않는다.

"먼저 말씀드릴 내용은 점창십삼검의 승계에 관한 내용입니다. 장문인의 명을 받아 제가 명자배에서 가장 뛰어난 아이들을 선발해서 승계를 끝냈습니다. 앞으로 이 아이들이 사문의 주력이 될 터이니 사숙들께서 많이 가르쳐 주시기 바랍니다. 두 번째는 속가에 관한 부분입니다."

운풍의 보고는 거의 일각 동안 이어졌다.

속가와 본산 간의 유대관계를 긴밀하게 만드는 방안들이 이어졌고, 조직의 재편과 수련 등급 심사 등에 관한 내용들이 보고되었다.

운풍이 보고를 끝내고 자리에 앉자 다시 청현자가 입을 열었다.

"자, 보고가 끝났으니 이제 본격적인 장로회의를 시작하겠습니다. 오늘 토의할 안건은 탕마행의 복원과 사 년 후에 있을 구룡회에 관한 것입니다."

"탕마행을 다시 한단 말이오?"

"그렇습니다."

"암, 당연히 복원해야 될 일이야. 탕마행은 내가 장문인께 건의한 것일세. 선조들께서는 불과 백 년 전까지만 해도 제마멸사를 통해 점창의 명예를 드높이셨지. 이제 잃어버린 사문의 비기들이 돌아왔으니 어찌 사문의 전통을 이어나가지 않을 텐가."

장로들이 깜짝 놀라는 표정을 짓자 청허가 나서서 청현의 입장을 대변했다.

그는 아주 당연하다는 표정을 짓고 있었다. 반대하는 자가 있다면 그냥 안 놔둘 기세였다.

그랬기 때문인지 장로들은 섣불리 말을 꺼내지 않았다.

잠시 후 침묵을 깬 것은 청우자였다.

"탕마행은 사문의 오래된 전통이니 당연히 해야겠지요. 그러나 우리는 황수전투의 손실을 미처 만회하지 못한 상태요. 서두르는 것은 옳지 못하다고 생각하오."

"옳은 말씀입니다. 지금 당장 시행하자는 것이 아니라 탕마행의 복원 여부와 시기를 논의하려 한 것이지요. 그러니 사형들께서는 그에 대해 말씀해 주시면 고맙겠습니다."

"그렇다면 탕마행은 구룡회와 연관시켜 생각해야 합니다. 구룡회가 사 년 남았으니 탕마행을 삼 년으로 잡으면 내년 가을이 적합할 것 같소."

"내 생각도 그러하오."

청문자가 말을 받자 청무자가 동의했다. 나머지 장로들도 모두 고개를 주억거렸다. 구룡회를 생각한다면 청문자의 제안은 가장 합리적인 것이었다.

구룡회. 구대문파가 십 년마다 한 번씩 갖는 회합을 말한다.

무림에 중요 환란이 발생했을 때를 대비해 유기적인 연계체제를 형성한다는 명분을 가지고 있지만 백 년 전 천왕성의 난 이후로 지금까지는 서로 간의 친목을 도모하는 자리로 변질되어 있었다. 문파 간의 이합집산을 통해 이득을 노리는 자리로 변했다는 뜻이다.

오 년 전 화산이 주축이 되어 점창을 밀어내고 자신들과 긴밀한 관계를 맺고 있는 모산파를 구대문파의 자리에 올린 것도 그런 맥락 중의 하나였다.

구대문파의 지위를 갖는다는 것은 명예 이외에도 엄청난 이득을 가져다주었다. 때문에 오 년 전 회의를 주제한 화산은 점창에 연통을 넣지 않은 채 형제의 연을 맺은 모산파에게 구룡의 자리를 물려주었다.

억울했으나 움직일 수 없었다.

칠절문에 의해 청운자가 죽고 청면자가 반신불수가 되었던 시기에 벌어졌던 일이다.

아니, 그런 일이 없었더라도 화산으로 가지 못했을 것이다.

화산과 아미, 그리고 모산파의 연합을 향해 검을 뽑는다는 건 자멸하고 말겠다는 것과 다르지 않기 때문이다. 힘이 없었기에 당한 일이다. 그랬기에 점창은 다음 구룡회를 학수고대하며 기다리는 중이다.

반드시 구룡의 자리를 되찾는다. 그 누가 되더라도 점창의 의지를 막는 자는 그냥 두고 보지 않는다는 것이 이 자리에 있는 장로들, 그리고 모든 점창무인들의 공통적인 의지였다.

청문의 의견에 모든 장로들이 동의를 표하자 청현자가 다시 입을 열었다.

"그럼 탕마행은 일 년 후인 내년 가을에 시행하는 것으로 결정하겠습니다. 동의하시지요?"

"동의하오."

"그렇다면 이젠 누가 갈 것인지를 결정해야 되는데 그에 대한 의견을 말씀해 주시지요."

"당연히 점창십삼검이 가야 하지 않겠소. 전통에 의하면 탕마행은 언제나 점창십삼검이 나섰소."

"그건 불가합니다."

청문의 반대에 청명자의 얼굴이 일그러졌다.

당연한 것을 반대한 청문자가 이해되지 않는다는 얼굴이다.

하지만 청문자의 표정은 흔들리지 않았다.

"운풍이 보고한 대로 점창십삼검이 명자배로 넘어갔습니다. 불과 석 달밖에 되지 않았을 뿐만 아니라 그 아이들의 무력이 아직 경지에 이르지 못했으니 일 년이란 시간이 있다 해도 탕마행을 나서게 된다면 어려운 지경에 빠질 수 있습니다."

"음!"

"사실 소제는 어제 미리 도착해서 운풍으로부터 탕마행에 관한 보고를 먼저 들었습니다. 현 무림에는 극악한 행위를 하고 있는 자들이 유독 많은데 백대고수에 포함된 자만 해도 열이 넘습니다. 그들뿐만이 아닙니다. 각 지역마다 패주에 가까운 무력을 지닌 채 활보하는 악인들이 부지기습니다. 이런 마당에 무력이 떨어지는 현 십삼검이 나서게 되면 사문의 명예를 높이는 것이 아니라 오히려 아까운 제자들만 잃을지도 모릅니다."

"어허, 이런. 쯧쯧."

청문자의 설명을 들은 청명자가 먼저 혀를 찼고, 나머지 장로들도 심각한 표정을 지었다.

점창의 위상을 높이기 위한 탕마행인데 청명자의 의견에 따른다면 오히려 생목숨만 잃을 판이었다.

　더군다나 백대고수에 포함된 절대고수들도 있다고 하니 저절로 입이 벌어졌다.

　탕마행을 나선다 해도 그런 자들까지 어쩔 수 있는 것은 아니지만 명자배로 구성된 십삼검이 나선다면 얼마나 많은 자를 잡을 수 있을지 걱정이 되었다.

　그랬기에 청허자가 헛기침을 한 후 입을 열었다.

　"맞는 말이야. 나도 청문의 뜻과 같으이. 그렇다면 누굴 보내는 게 좋겠는가?"

　"제 생각에는 풍운대와 십삼검을 묶어서 내려 보냈으면 합니다. 십삼검은 풍운대와 함께하면서 많은 것을 배울 수 있을 것입니다."

　"풍운대와 십삼검을 묶는다. 괜찮은 생각이구먼. 장문인 생각은 어떠시오?"

　"풍운대가 내려간다면 점창의 명성을 빛낼 수 있겠지요. 소제도 청문 사형의 의견에 찬성합니다."

　"자네들은?"

　"저희도 좋은 의견이라 생각합니다."

　청문자의 의견에 장문인을 비롯한 모든 이가 찬성하자 청허자가 늙은 얼굴에 함박웃음을 매달았다.

　"그럼 됐구먼. 그리하는 것으로 하지. 그나저나 청문, 풍운대는 지금 어디에 있는가?"

"아직도 용호각에 돌아오지 않았습니다. 아무래도 그 아이들은 이번 겨울마저 넘길 생각인 모양입니다."

"기대가 크네, 기대가 커. 칠절문과의 전쟁에서 풍운대의 활약이 대단했다고 들었는데 그것도 부족해서 그토록 열심히 수련하고 있으니 내 마음이 더할 나위 없이 기쁘구면. 점창의 앞날이 이리 밝으니 나는 금방 죽어도 여한이 없으이."

"사형, 무슨 그런 말씀을······."

"들으시게. 사문의 위상이 우리 대에 이르러 똥통에 빠졌네. 사 년 후에 있을 구룡회에서 잃어버린 명예를 되찾지 못한다면 내가 먼저 죽을 테니 자네들도 따라 죽게. 우리가 잃어버린 점창의 명예를 우리 손으로 회복시키지 못한다면 더 살 의미가 뭐가 있겠어!"

크지 않은 목소리였다.

그럼에도 그 속에 담긴 뜻이 워낙 강해 순식간에 좌중의 분위기가 가라앉았다.

칠절문을 꺾어 점창의 위상을 어느 정도 회복했으나 과거의 성세를 되찾기에는 아직 한참이나 부족했다.

그것을 청허자는 다시 상기시키고 있는 것이다.

좌중은 한동안 침묵 속에 잠겼다.

청허자의 말이 장로들의 가슴에 파고들어 함부로 말을 꺼내지 못하도록 만들었다.

한(恨).

점창의 대사형으로 살아온 청허자의 삶은 고통 그 자체였으니 그 누구도 고개를 뻣뻣이 들고 그를 바라보지 못했다.

하지만 언제까지 침묵을 지키고 있을 수만은 없어 청현자가 헛기침을 하고 먼저 입을 열었다.

"정리를 하지요. 제가 알기로는 청문 사형이 당문과 약속한 게 있는 것으로 압니다. 그러니 탕마행은 내년 가을, 풍운대와 십삼검이 시행하되 시작점을 사천으로 결정하겠습니다."

"탁월한 결정이오."

"그리고 사형들께서 말씀하신 대로 제가 구룡회까지 장문직을 맡지요. 사형들의 마음처럼 저 역시 점창의 명예를 제 손으로 찾고 싶습니다. 철저히 준비해서 잃어버린 것을 되찾아오겠습니다. 반드시 말입니다."

7장

탕마행, 하산(下山)

　황수전투가 끝나고 숙소에서 사라진 사람들은 풍운대뿐만
이 아니었다.

　운자배와 명자배를 합해서 거의 오십에 달하던 인원이 아
무런 말도 없이 사라져 점창이 한동안 시끄러웠다.

　그럼에도 사람을 풀어 그들을 찾지는 않았다.

　왜 사라졌는지 누구보다 잘 알기 때문에 장문인의 명으로
그들을 찾지 않았다.

　사라졌던 사람들이 다시 복귀한 것은 여섯 달이 지나지 않
아서였다.

　수련에 지쳐서가 아니라 각자 맡은 바 임무가 있기 때문이

었다.

운자배는 명자배에게 십삼검을 물려주고 청자배 대신 중
요 보직들을 물려받느라 수련 장소에서 불려 나왔고, 명자배
역시 새롭게 입산한 제자들과 몰려드는 속가제자들로 인해
훈육에 참여하느라 수련을 멈춰야 했다.

그랬기에 아직까지 수련을 하고 있는 것은 풍운대뿐이었
다.

비 갠 오후.

운호는 산 아래를 바라보며 팔짱을 낀 채 한동안 움직이지
않았다.

시간은 유수처럼 흘러 이 년의 세월이 지났다.

그는 웃통을 벗고 있었는데 상처의 흔적은 억지로 찾아봐
야만 알 수 있을 정도로 희미해진 상태였다.

그가 시선을 둔 곳에는 운해가 끝없이 펼쳐져 있었다.

구름의 바다.

점창산의 허리를 두른 채 펼쳐진 운해는 마치 비단 이불처
럼 포근하게 펼쳐져 마음을 평안하게 만들었다.

운호의 입이 열리며 감탄사가 터진 것은 운해가 반으로 쪼
개지며 밝은 햇빛이 세상으로 쏟아져 들어갈 때였다.

충격적인 광경.

산 전체를 감싸고 있던 구름의 바다가 반으로 갈라지며 햇

빛이 세상을 비추는 것은 이십 년을 산에서 살았어도 처음 보는 기경이었다.

아름다웠다.

그 자체만으로 충분히 감탄사를 터뜨리게 만들 만큼 아름다웠기에 운호는 갈라지는 구름에서 한시도 눈을 떼지 못했다.

세속의 추악한 욕심도, 질투도, 미움도 그 속에는 없었다.

오직 아름다운 순수만이 남아 운호를 넋 놓게 만들고 있었다.

한동안 세상을 바라보던 운호의 눈이 슬그머니 붉어지기 시작했다.

아름다운 세상과 겹쳐지면서 한 사람이 떠올랐기 때문이다.

당운영.

세상에 나가 처음으로 만난 여인.

잊을 수도, 잊어서도 안 되는 여인이다.

그럼에도 그는 헤어지면서 한마디 말도 하지 못했다.

아무런 기약도 하지 않았고, 가슴속에 있는 감정도 꺼내어 보여주지 못했다.

헤어지면서 하염없이 바라보던 그녀의 눈에 고인 것은 아마도 눈물이었을 것이다.

붉어진 그녀의 눈은 오직 자신만을 바라보며 움직이지 않왔다.

왜 아무 말도 하지 못했을까.

기다려 달라는 말이라도 했다면 이렇게 가슴이 아프진 않았을 것이다.

황수전투가 끝난 지 벌써 이 년.

후회는 아무리 빨라도 늦는다고 했던가.

운호는 산에 들어와 일 년 동안 후발선지의 묘리를 집중적으로 수련했다.

의빈전투와 황수전투에서 그는 온몸에 수없이 많은 상처를 입었다.

무력이 부족하지 않았음에도 그런 상처를 입은 것은 결국 후발선지의 묘리를 검에 담지 못했기 때문이란 걸 절실하게 깨달았다.

늦게 빼고 먼저 벤다.

이것이 후발선지의 검리다.

일면 단순한 것 같지만 절대 단순하지 않은 상승의 검리가 담겨 있기에 운호는 수많은 난관을 넘어야 했다.

속도와 힘의 균형.

빠른 속도와 적은 힘의 균형, 느린 속도와 강한 힘의 조화.

목숨을 건 전장에서 순식간에 판단하고 펼쳐야 되는 투검에 그런 검리를 장착시킨다는 건 결코 쉬운 일이 아니었다.

그럼에도 운호는 해내고 말았다.

한번 하겠다고 마음먹으면 끝장을 보고 말기에 일 년이 지나자 적정의 원리와 후발선지의 검리가 그의 검에 완벽하게 담겼다.

운문에 사람이 오기 시작한 것은 운호가 모습을 감춘 지 꼭 보름이 지나면서부터였다.

장문인을 비롯해 청자배 사숙들이 모두 한 번씩 찾아왔다. 주요 보직을 맡아 정신없이 움직이는 운자배 사형들도 지나가는 길이었다는 핑계와 함께 운문을 찾았다.

그만큼 운호의 성장이 기대되었기 때문일 것이다.

황수전투에서 전율적인 무력을 선보이며 전세를 완벽하게 점창 쪽으로 끌고 온 운호는 점창의 미래임이 분명했다.

청문자가 운문을 찾은 것은 꼭 일 년 만이었다.

그는 운문에 도착하자마자 검을 빼 들었다.

그리고는 대책 없이 무조건 공격하기 시작했는데, 유운서부터 사일까지 옛날 운호를 가르치던 때와 똑같은 행동을 했다.

그들의 대결은 운문에서 시작해서 점창산의 봉우리 중 가장 높다는 천왕봉을 거쳐 사람이 가지 못한다는 불귀곡에 이르렀다.

그야말로 운문을 중심으로 거의 십 리를 움직이며 싸웠기 때문에 유운보법과 신법이 동시에 운용되어 그 속도가 눈에 보이지 않을 정도였다.

문제는 청문자가 내력을 썼다는 것이다.

그는 대뜸 검에 삼성의 내력을 실어 공격하기 시작했다. 운문으로 돌아왔을 때는 거의 팔성의 내력을 운용하고 있었다. 그러니 운문이 들썩일 수밖에.

그들의 검은 격돌할 때마다 천둥이 치는 소리를 내며 지축을 울려 새들을 하늘로 날아오도록 만들었다.

장관이다. 산에 내려앉아 쉬고 있던 새들이 전부 비상해서 날아오르니 하늘이 온통 검은 그림자로 가득했다.

새들은 한동안 나무에 내려앉지 못했다. 워낙 흉험한 격전이었기 때문에 안타까운 울음소리를 내며 허공을 맴돌 뿐이었다.

청문자의 검이 멈춘 것은 운문에 도착한 후 일각이 더 지난 후였다.

"좋구나, 좋아. 운호 이놈, 훌륭하다."

"과찬이십니다."

"껄껄껄!"

운호가 검을 놓고 허리를 숙이자 청문자가 너털웃음을 터뜨렸다.

그의 웃음에는 대견함과 놀람이 한꺼번에 담겨 있었다.

전력을 다하지 않았으나 이 정도만 가지고도 충분했다.

운호의 검은 황수전투 때보다 훨씬 무겁고 깊어져 한 올의 빈틈도 찾아볼 수 없었다.

청문자는 그 대결이 있은 후부터 한 달에 한 번씩 운문을 찾았다.

후예사일.

점창의 마지막 비기 후예사일을 운호의 검에 장착시키기 위함이었다.

천룡무상심법을 근간에 두고도 깨달음이 있어야 진정한 위력을 나타내는 절대비학이 바로 후예사일이다.

청문자는 선조들의 말을 믿지 않고 후예사일을 익히겠다는 신념을 버리지 않은 채 십 년이라는 세월을 낭비했다.

초식에 대한 해석이 상당 부분 가능했지만 그가 얻은 것은 아무것도 없었다.

그는 십 년이 지난 후에야 탄식에 탄식을 터뜨리며 검을 꺾고 말았다.

현천기공으로는 후예사일을 익히지 못한다는 선조들의 말을 받아들이는 데 십 년의 세월을 허비했으니 어리석어도 너무나 어리석은 짓이었다.

하지만 그의 노력은 천룡무상심법을 익힌 운호가 나타남으로써 빛을 발하기 시작했다.

후예사일의 초식을 분해하고 해석하는 데 많은 성과를 보였기 때문에 운호는 그의 강론을 충분히 받은 후 수련을 시작할 수 있었다.

한 달마다 찾은 청문자는 운호가 펼치는 후예사일을 지켜본 후 자신의 의견을 말해주었다.

비록 직접 시전하지는 못하나 절대고수의 눈은 운호가 펼친 후예사일의 문제점과 미비점을 정확히 짚어내서 옳은 방향으로 검로가 흐를 수 있도록 도와주었다.

그런 세월 속에서 일 년이 또 지났다.

낮에는 후예사일을 익히고 밤에는 천룡무상심법을 수련했다.

후예사일은 아직도 그 현묘함을 숨긴 채 세상에 드러나지 않았지만 언젠가는 반드시 자신의 검을 통해 세상에 나올 것이라는 걸 운호는 한 번도 의심하지 않았다.

그 가을 어느 날.

대붕처럼 바위와 바위를 찍으며 한 사람이 운문으로 날아왔다.

그는 다름 아닌 운상이었다.

"운호야, 가자. 장문인께서 부르신다."

상청궁에 도착하자 운곡을 포함해서 풍운대 전체가 마당에 모여 있었다.

그들은 마지막으로 도착한 운호를 향해 환한 웃음을 지어

주었다. 이 년 동안 꽤나 고생을 했는지 얼굴이 새까맣게 타서 자세히 보지 않았다면 알아보지 못할 뻔했다.

"사형들을 뵙니다."

"운호, 잘 지냈어?"

"그럼요. 운몽 사형께서는 몸이 좋아지셨습니다."

"살 좀 찌웠다. 바짝 말라서 보기 싫었거든."

"그러셨군요. 어쩐지 달라 보인다 했습니다."

운호의 대답에 운몽이 어깨를 으쓱거렸다.

나름대로의 변화를 알아보는 사제가 대견한 모양이다.

그 모습에 풍운대 전체가 웃었다.

아무리 그래도 운몽의 몸집은 대꼬챙이와 크게 다를 바 없기 때문이다.

일행의 대화를 중단한 것은 대사형 운곡이었다.

"자, 모두 왔으니 들어가자. 장문인께서 기다리신다."

방장실로 들어서자 청현자와 청문자가 상석에 앉아 기다리고 있었다. 풍운대는 모두 하나가 되어 허리를 깊이 숙여 인사를 했다.

그런 모습을 청현자와 청문자는 넉넉한 웃음으로 바라보았다.

"어서들 오너라."

청현자가 손을 들어 자리를 가리키자 운곡을 필두로 모두 앉았다.

"그동안 고생이 많았겠구나."

"아닙니다. 사문의 배려로 수련에 전념할 수 있어 작지만 소중한 성과를 거둘 수 있었습니다. 감사드리는 바입니다."

"허허, 그랬다니 다행이다."

맨 앞에 앉아 있던 운곡이 겸양을 말을 하자 청현자가 기꺼운 웃음을 지었다.

그런 후 풍운대 전체의 얼굴을 천천히 휘둘러 본 후 다시 입을 열었다.

"너희를 내가 왜 불렀는지 혹시 아느냐?"

"모르옵니다."

"껄껄, 그럴 테지. 아무도 알려주지 않았을 테니."

청현자가 아무 말 없이 조용하게 앉아 있는 청문자를 일별했으나 그는 여전히 앞만 보았다.

그 모습에 청현자의 웃음이 더욱 진해졌다.

장문인이지만 사형인 청문자에게 명을 내리는 것은 부득이한 경우가 아니면 하지 않는다.

그랬기에 풍운대가 걱정이 되었어도 사형들에게 아무런 말도 하지 않았다.

앉아 있어도 점창산에서 벌어지는 일은 모두 알 수 있다.

점창에는 점창 사람들이 살고 있으며 자신은 이곳을 책임지고 있는 장문인이기 때문이다.

청문자가 풍운대가 머무는 곳을 수시로 방문하는 것을 안 것은 벌써 한참 전의 일이었다. 하지만 모르는 체했다.

고맙다고 고맙다는 인사를 하는 건 청문자에 대한 예의가 아니었다.

가슴과 가슴으로 서로 알면 그것으로 족하다.

그것은 청문자도 마찬가지다.

분명 청문자는 장문인을 배려해서 탕마행에 대해 입 밖으로 흘리지 않았을 것이다.

"혹시 너희는 탕마행에 대해 들어본 적이 있느냐?"

"들어본 적 없사옵니다."

"백 년 전 천왕성의 공격으로 사문이 쇠퇴하기 전까지 점창은 문의 주력을 내려 보내 천하에 존재하는 마두들을 처단하는 탕마행을 시행했다. 탕마행을 시행하는 이유는 크게 두 가지. 첫째는 마두를 처단함으로써 세상을 평안케 함과 동시에 사문의 명예를 드높이는 것이고, 둘째는 문의 주력이 세상에 나가 천하 무림인들과 인맥을 쌓고 실전을 경험함으로써 무력 증진을 이룰 수 있는 토대를 마련하기 위함이다. 내 말이 무슨 뜻인지 알겠느냐?"

"알아들었사옵니다."

"그렇다면 여기에 너희를 부른 것도 알겠느냐?"

"그렇습니다."

"껄껄, 영명한지고."

"하면 저희만 내려가는 것입니까?"

"아니다. 점창십삼검이 같이 간다."

청현자의 대답에 운곡을 비롯해서 풍운대의 안색이 금방 어두워졌다.

아무래도 현 십삼검의 무력은 전대에 비해 부족한 편이기 때문이다.

같이 움직이게 된다면 강적과 마주쳤을 때 곤란한 경우가 발생될 수 있었다.

하지만 운곡은 금방 얼굴색을 고치고 다시 입을 열었다.

"경로가 어찌 되는지 알 수 있겠습니까?"

"너희는 사천까지 같이 간다. 거기서 당문과의 일을 해결한 후 오 로로 나뉘어 탕마행을 시행하면 된다."

"오 로라면……."

"운극까지 다섯 명이 점창십삼검을 맡아서 강남 이축, 강북 삼축으로 움직인다. 운곡과 운검이 둘씩 맡고 나머지가 셋씩 맡으면 될 것이다."

"운호, 운상, 운여 사제가 남습니다. 어찌하실 생각이신지……?"

"너희를 부르기 전 청문 사형과 상의한 것이 있다. 저 아이들에게는 별도의 명부가 주어질 것이다. 십삼검을 붙이지 않은 것은 명부에 담긴 자들이 강한 무력을 지닌 마두기 때문이다. 어차피 탕마행을 시행하기 위한 하산이니 세상을 어지럽

히는 마두들을 잡아야 하지 않겠느냐."

"사제들이 힘들겠군요."

"당연하다. 그러니 너희는 유기적으로 움직여 저 아이들을 도와줘야 할 것이다."

"알겠습니다."

"앞으로 칠 일 후 출발이다. 그동안 수련하느라 고생했으니 푸욱 쉬었다가 출발하도록 하라. 시작이 좋아야 하느니, 나는 너희가 당문의 칠비쯤은 충분히 격파할 수 있을 것이라 기대한다."

"염려하지 마십시오."

"당문과 만나기로 한 장안평까지는 청문 사형께서 동행하실 것이다. 그 후부터는 너희 손에 점창의 명예가 결정되어진다. 신중하게 움직여 사문의 명예를 천하에 빛내주기를 바란다."

운문은 점창산에서 돌연변이처럼 튀어나와 분지를 형성한 곳이다.

언제나 아침나절에는 안개가 끼었고 날씨가 좋지 않은 날에는 구름이 휘감고 돌아나가기 때문에 운문이라 불린다.

구름이 드나드는 문.

고요하던 운문이 시끄러워진 것은 장문인의 부름으로 상청궁에 다녀온 그날, 운상과 운여가 운호를 따라붙은 이후부터였다.

친구 셋이 붙어 있으니 만나기만 하면 시끄럽다.

오늘도 그들은 햇빛이 따사로운 널찍한 바위에 옹기종기 모여 있었다. 운상은 벌러덩 누워 있고 운여와 운호는 윗옷을 벗은 채였다.

금방 수련을 끝내고 몸을 씻었는지 운호와 운여의 몸에는 아직도 물방울이 흘러내리고 있었다.

"이놈들아, 너희는 장문인 말씀도 못 들었어? 좀 쉬라잖아. 무리하지 말고."

"너나 계속 쉬어."

"그 검 안 닳았냐. 이 년 내내 휘둘러 놓고 부족해?"

"난 얘가 좋아."

운상이 도끼눈을 부릅뜨고 노려보자 운여가 바위 끝에 놓인 자신의 검을 가슴에 품었다.

마치 사랑하는 여인을 보듬는 듯한 모습이다.

못 볼 걸 봤으니 운상이 그냥 넘어갈 리 만무하다.

"아주 웃겨. 산에서 내려가면 절대 그런 짓 하지 마. 사람들 있는 데서 그러면 변태라고 불러."

"흐흥, 상관 마라."

"그래, 맘대로 해. 언제 네가 내 말을 들은 적 있냐."

운여가 희한한 웃음소리를 내며 콧방귀를 뀌자 반쯤 일으켰던 몸을 다시 눕히며 운상이 손사래를 쳤다.

그 모습에 운호가 입맛을 다셨다.

이놈들은 말도 안 되는 것들로 사람을 황당하게 만드는 재주가 있었다.

운호의 입이 열린 것은 운여가 슬그머니 검을 있던 자리에 내려놓았을 때다.

"그나저나 내일이야. 참 시간 빨리 간다."

"제법 크게 행사를 연다고 하던데, 들었어?"

"전 문도가 모인다고 하더라. 장문인 주관으로 출정식을 연다고 들었다."

"백이십 년 만에 다시 시작되는 탕마행이니 장문인께서 신경을 많이 쓰시는 것 같아."

"아무래도 그렇겠지."

운여의 말에 운호가 수긍한다는 표시로 작게 고개를 끄덕였다.

그때 운상이 나섰다.

"그런 건 딱 질색이야. 사람들 많은 데서 행사에 참석하는 건 내 취향 아냐."

"그런 거 좋아하는 사람도 있어?"

"있어. 행사만 있으면 손들고 나서는 사람."

"누구?"

"운몽 사형."

"진짜?"

"그래. 성격은 꼬장꼬장한데 사람들 많은 곳에서는 아주 날고 긴다니까. 연설을 얼마나 잘하는지 한번 입을 열면 청산 유수다. 거기다가 행사 절차에 대해서 모르는 게 없어서 식전 준비는 거의 운몽 사형이 하곤 했어."

"거참 특이하네."

"그나저나 기분이 이상해. 삼 년 동안 점창산을 떠난다고 하니 허전해서 잠이 안 온다."

"당연한 거 아냐? 태어나서 거의 여기서 살았는데 오죽하 겠어. 그런 말 하는 거 보니 네가 아직 정상이긴 하다."

"난 항상 정상이야, 인마."

"흐흥."

"어째 웃음소리가 운여를 닮아가냐."

"친구니까."

"지랄, 닮을 걸 닮아. 그런데 마두들 명부는 받았냐?"

"웅. 어제. 방에 있다. 이따가 보여줄게."

"귀찮으니까 그냥 말해. 몇 명이나 돼?"

"마흔셋."

"뭐가 그렇게 많아?"

"많은 것도 많은 거지만 더 큰 문제는 명부에 있는 자들이 모두 대단한 놈이라는 거다. 백대고수 안에 든 자가 열 명이 나 되고 지역의 패주급이 아홉이다. 나머지도 절정을 넘어선 고수이고."

"농담하지 마."

"내가 뭐 하러 농담을 하겠어. 정말이다."

"이놈, 좋은가 보네. 왜 실실 웃어? 인마, 우리 셋이 그런 자들을 어떻게 잡아. 우리가 걔들을 잡는 게 아니라 걔들이 우릴 잡겠다. 그 명부 가지고 돌아다니면 목숨이 열 개라도 부족하겠는데?"

"흐흐, 천하의 운상이가 겁먹은 모양이네."

"겁먹은 게 아니라 황당해서 그런다. 나쁜 놈들이 어떻게 해서 그렇게 세? 지금이 나쁜 놈들 전성시대냐?"

놀라긴 놀란 모양이다.

운상은 백대고수에 포함되는 마두가 열이라는 소리를 들은 이후로 잠시도 쉬지 않고 연신 떠들어댔다. 놀란 것은 운상만이 아닌 모양이다.

"설마 사문의 어른들께서 우리를 소리 소문 없이 처리하려고 그런 건 아닐까? 말 안 듣는다고."

"얼씨구, 넌 또 왜 그래? 운상이 하나만 가지고도 힘들어. 운여 넌 그냥 조용히 있어."

"운상이가 한 말이 일리가 있잖아. 삼 년 만에 어떻게 명부에 있는 자들을 다 해결해. 말도 안 되는 얘기라니까. 더군다나 그렇게 강력한 무력을 가졌다면 불가능한 일이다."

"다 잡으라는 거 아냐."

"그건 또 뭔 소리야?"

"뭔 소리긴, 말 그대로지. 운학 사형께서 말씀하시길 우리한테 준 명부는 참고용이래. 사형들하고 십삼검이 해치우기 부담되는 자들을 따로 적어놓은 거라고 했다."

"뭔 소린지 모르겠네. 그 말은 우리보고 잡으라는 거잖아. 뭔 말을 그렇게 빙빙 돌려서 해?"

"가능한 자만 처리하라신다. 절대 무리하지 말고. 상황에 따라 현명하게 움직여 달라고 부탁하셨대."

"누가?"

"장문인께서."

"왜 우리한테는 직접 말씀하지 않으셨지?"

"너 같으면 탕마행을 하라고 내려 보내면서 그런 소릴 할 수 있겠냐? 나쁜 놈과 만나더라도 강하면 도망가라는 말을 대놓고 할 수 있겠어? 그럴 때는 역시 전언이 제일 좋은 방법이지. 장문인께서는 역시 머리가 좋으셔."

"하긴 그렇기도 하겠다."

"잘된 거야. 우리한테 일임하셨으니 우리가 잘하면 돼. 어차피 하산해서 그놈들을 만나면 그냥 놔줄 수는 없는 거 아니겠어? 어떤 놈을 만나도 마찬가지야. 난 절대 두려워서 도망치는 짓은 안 할 테다."

"운호 이놈아, 그 호전적인 성격을 버리지 못하고 또 광분을 해. 너 때문에 당한 상처를 생각하면 아직도 치가 떨리는데 얼마나 지났다고 그래?"

"아직도 그 얘기야? 그럼 넌 멀리 떨어져서 다녀. 너 대신 운여하고 붙어 다닐 테니까."

운상이 소리를 지르며 주먹을 쳐들자 운호가 엉덩이를 뒤로 밀며 자리에서 일어났다.

가만히 앉아 있으면 불안하다.

운상은 이 년 전 상처에 대한 기억이 생각날 때마다 운호의 등짝을 때렸다.

방금도 그런 전조가 보였기 때문에 즉시 거리를 확보한 후 운여를 쳐다봤다.

도와달라는 뜻인데 운여는 전혀 그럴 생각이 없는 모양이다.

"싫어, 나도. 네 뒤 따라다니면서 칼 맞긴 싫다. 운상이 얘기 들어보니까 아주 죽다 살아났더군. 한참 새파란 청춘이 기껏 칼하고 놀아야겠어, 아름다운 여인들도 많은데? 나하고는 여인들 만날 때만 친하게 지내자고."

출정식은 근래에 보기 드물게 성대히 치러졌다.

원시천존(元始天尊), 현천상제(玄天上帝:北極星), 문창제군(文昌帝君), 후토(后土), 서낭신(城隍神)에 대해 차례대로 전문도가 배례를 지낸 후 신부(神符), 옥결(玉訣:秘試), 영도(靈圖:鬼神像), 보록(譜錄) 등의 경전을 계율원주인 운청자가 낭송했다. 그 뒤로 장문인인 청현자와 장로들의 찬송(讚頌)이 이어졌는데 행사는 거의 반 시진이 되도록 계속되었다.

행사의 끝은 점창의 수장인 청현자가 출정하는 제자들에게 명경(明鏡)과 호부(護符)를 채워주는 것으로 마무리되었다.

명경과 호부는 요괴를 피할 수 있는 귀물로 알려져 있었다. 그것을 굳이 채워준 이유는 세상에 나가는 제자들의 무사 귀환을 염원하기 때문일 것이다.

당문과 약속한 장안평은 운남과 사천의 경계에 있는 들판이다.

시야가 완벽하게 확보된 광활한 들판이기 때문에 상대를 속이고 병력을 매복시킬 방법이 전무한 곳이다.

점창과 당문이 장안평에서 만나기로 약속한 가장 커다란 이유는 바로 그것 때문이다.

서로는 서로에게 늑대이고 호랑이다.

이 년 전 사천혈투 당시 당문은 칠절문의 모사인 천수의 잔수에 넘어가 점창의 풍운대에게 꽤 많은 문도를 잃은 바가 있다.

그 보상으로 칠절문의 세력권을 고스란히 넘겨받았으나 점창에 대한 감정이 완벽하게 풀린 것은 아니었다.

그것은 점창도 마찬가지였다. 피 흘려 싸운 결과물을 고스란히 넘겨주고 산으로 돌아올 수밖에 없는 배경에는 당문이 있었다.

남의 싸움에 젓가락을 올려놓고 온갖 이득을 본 자들이다.

물론 협상을 했고 그 신의를 지키기 위해 물러났지만 점창은 피에 대한 대가를 아무것도 받지 못한 채 사천에서 물러나야 했다.

서로가 서로에게 껄끄러운 사이란 뜻이다.

그랬기에 암습에서 자유로운 장안평이 선정되었고, 참가인원도 한정이 되었다.

장안평을 바라보는 청문자의 눈이 슬그머니 굳어져 갔다.

돈이 없어 제자들이 수련해야 하는 건물조차 다시 짓지 못하는 점창이다.

장문인은 그저 웃으며 손봐서 쓰면 된다고 말했지만 청문자는 그 소리를 들으면 가슴이 아팠다.

모든 이득을 챙긴 당문. 그 이득의 반만 챙겼더라도 장문인의 고민은 단숨에 해결해 줄 수 있었을 것이란 자괴감이 가슴을 답답하게 만들고 있었다.

더군다나 자신을 눈 아래로 지켜보던 당문주 당청의 얼굴이 아직도 잊히지 않는다.

칠비라고 했던가.

반드시 꺾어주마.

점창을 건드린 것이 얼마나 위험한 생각이었는지 철저하게 확인시켜 줄 테다.

명자배 점창십삼검의 나이는 모두 서른을 넘었다.

수검인 명수의 나이는 서른여덟이고 제일 적은 명화조차 서른넷이니 풍운대보다 어린 사람은 하나도 없었다.

그럼에도 그들은 운곡을 비롯해 풍운대에게 최대한의 존경을 표하며 따랐다.

사문의 항렬도 항렬이지만 이 년 전 황수전투와 양문전투에서 보여준 풍운대의 무력이 그들을 진정으로 감복시켰기 때문이다.

지금 그들은 풍운대의 등을 바라보며 기러기 날개 모양으로 서서 장안평을 바라보고 있었다.

산에서 내려온 후 한 번도 풍운대의 앞으로 나서지 않았으니 그들의 마음이 어떠한지 충분히 알 만하다.

"우리가 너무 빨리 왔나?"

"미시에 만나기로 했으니 빨리 온 건 아니다. 아무래도 이 자들이 우릴 기다리게 할 모양이다."

기다리기 지루했던지 운상이 슬그머니 입을 열자 운여의 눈매가 올라갔다.

약속된 시간에 오지 않는 당문의 행위가 괘씸하게 여겨진 모양이다.

하지만 그들 역시 도착한 지 일각 정도밖에 지나지 않았으니 아직 당문이 늦는다고 탓하기에는 일렀다. 그랬기에 운호는 그들과 달리 여유 있는 얼굴로 입을 열었다.

"이것들이 사형들도 조용히 계시는구만 어디서 신경질을 부려? 차분히 기다려. 금방 오겠지."

"어쭈, 너 당운영 소저 때문에 편들어주는 거냐?"

"갑자기 웬 뜬금없는 소릴 하고 그래?"

"그럼 뭐냐?"

"관두자. 내가 잘못했다."

운상의 쌍심지에 운호가 말을 끊고 고개를 돌리자 대신 운여가 나섰다.

"흐흥, 당 소저가 올지도 모르겠네. 오면 좋을 텐데."

"너희, 저쪽으로 좀 가라. 덥다."

"싫다. 여자 얘기 할 때는 안 떨어진다니까!"

"지금 농담할 때가 아니잖아. 사문의 명예를 걸고 비무를 한다는데 너희는 농담이 나와?"

"긴장 완화라는 말 못 들어봤어? 이럴 때는 이 악다물고 있는 것보다 농담하면서 긴장을 푸는 게 훨씬 좋은 거다. 뭘 알고 떠들어."

"냅둬. 운호가 아직 세상 사는 법을 잘 몰라서 그래."

"아우!"

운상과 운여가 돌아가면서 협공하자 운호의 입에서 늑대 울음소리가 나왔다.

그러자 그동안 지켜만 보던 사형들과 십삼검이 결국 참지 못하고 웃음을 터뜨렸다.

운호와 운상, 운여는 제일 끝 쪽에서 속삭이듯 말하고 있었지만 운곡을 포함한 풍운대와 십삼검은 처음부터 끝까지 듣고 있었던 모양이다.

그것은 청문자도 마찬가지였다. 이야기를 들었는지 얼굴에 미소가 번져 있다.

벌판에는 언제나 바람이 분다.

벌판에 부는 바람은 일정한 방향으로만 불지 않고 제멋대로 방향을 틀기 때문에 회오리로 변해 흙먼지를 끌어당기는 경우가 많다.

그리고 그 회오리의 숫자는 하나로 국한되는 것이 아니라 동시다발적으로 발생하기도 한다. 지금의 장안평처럼.

장안평을 휩쓰는 회오리 사이로 당문의 무인들이 걸어 들어온 것은 미시가 조금 넘었을 때였다.

약속한 인원보다 많다. 점창의 인원은 스물둘에 불과한데 당문은 무려 오십이 넘는 무인이 이쪽을 향해 똑바로 다가왔다.

단순히 숫자만 많은 것이 아니었다.

오 장을 격하고 선 당문의 무인들은 일부러 기세를 뿜어내지 않았으나 대단한 고수란 것을 단숨에 알 수 있을 정도로 존재감이 컸다.

중앙에 선 것은 용화에서 본 외원당주 당추와 칠비였고, 백색 수염을 멋들어지게 기른 열다섯의 노인은 중앙 좌측을 차지했다.

백색 무복을 입은 중년의 도객들이 중앙 우측에 섰는데 그 숫자는 열여덟이었다. 그들과 조금 떨어진 후미 쪽에는 흑립을 깊게 눌러쓴 열세 명의 사내가 자리한 채 노려보고 있다.

입맛이 쓰다. 약속을 지키지 않았다는 것은 다른 뜻이 있다는 말인데 그게 뭔지는 알 수 없다. 다만 좋은 상황이 아니란 건 알 수 있기에 점창무인들의 표정이 일그러졌다.

맨 앞에 선 청문자의 입이 열린 것은 당추가 그를 향해 다가와 일 장 앞에 섰을 때다.

"많이 왔군."

"미안하오. 어쩔 수 없이 그리 되었소. 호법전에 계신 원로분들이 구경하고 싶다며 따라나서니 어찌 막을 수 있겠소."

"그랬나?"

"저기 십팔혈룡은 여기서 이 리 정도 떨어진 파안에서 만난 거요. 저들도 구경이나 하겠다고 해서 그러라고 했소. 이해해 주시겠지요?"

"구경하겠다는 걸 말릴 수는 없지."

뻔뻔한 당추의 말에도 청문자는 조금의 흔들림도 보이지 않았다.

십팔혈룡이라면 당문이 보유하고 있는 정예 중에서도 최정예의 무인이다.

더군다나 열다섯이나 되는 호법이 나섰으니 호법전이 모두 움직인 것이나 다름없었다.

마지막 뒤쪽의 흑립객들은 보나마나 뇌광십삼포가 분명했다. 작정한 모양이다.

당문은 오대무력단체 외에 세 개의 진력을 보유하고 있었는데 여기 와 있는 호법전과 십팔혈룡, 그리고 뇌광십삼포이다.

세상 사람들은 이들을 보고 당문삼력이라 부르곤 했다.

용화에서 풍운대가 상대했던 천뢰삼십이수와는 비교조차 할 수 없는 자들.

천뢰삼십이수가 당문의 신성들로 구성되었다면 십팔혈룡과 뇌광십삼포는 당문의 최정예 주력 무인 중에서 가려 뽑아 오랜 시간 고련을 통해 완성된 병기다. 이 정도라면 당문 전력의 삼 할에 가깝다.

양측이 팽팽하게 대치된 가운데 어색한 웃음을 떠올린 당추가 다시 입을 열었다.

"서로 반가운 사이도 아니니 얼른 볼일이나 봅시다. 생각해 놓은 방법이 있으시오?"

"우린 없네. 당문에서 원하는 대로 응해줄 테니 말해보게."

"대단한 자신이오."

"자신이 없었다면 오지도 않았다."

"푸하하!"

웃음소리는 거침없이 나왔으나 얼굴에 웃음은 들어 있지 않았다.

차갑게 가라앉은 눈. 도대체 무슨 생각을 하고 있는지 알 수 없는 눈이다.

"우리 당문은 점창과의 원한을 잊은 지 오래요. 따라서 서로 피를 보는 것은 원하지 않소."

"그런데 나는 당문이 피를 보고 싶어 하는 것 같구나. 내 눈이 잘못된 것인가?"

"왜 그리 생각하시오?"

"그렇지 않았다면 이리 잔뜩 끌고 왔겠느냐."

"어찌 생각하든 그대의 마음이니 왈가왈부하지 않겠소. 하지만 피를 보고 싶지 않다는 내 말은 사실이오."

"본론을 말해!"

"당문과 점창이 이리 된 것은 용화의 오해 때문이오. 치욕을 당했으니 갚고자 하는 것은 당연한 일. 그러니 우리가 치욕을 갚을 수 있도록 해주시오."

"그래서 이 자리를 만든 것 아닌가. 원하는 바를 말하라."

"칠비와 풍운대 전체가 붙으면 아무래도 피를 볼 것 같구려. 그것은 당문도 점창도 원하는 바가 아닐지니 나는 용화에서 당호를 꺾은 자와 칠비 중 흑호가 일대일로 승부를 봤으면 하오."

당추의 말에 청문자의 시선이 서늘하게 변했다. 결국 이거 였나.

왜 이리 많은 자들을 끌로 왔나 했더니 거부하지 못하도록 만들기 위한 압박용이었던 모양이다. 가소로운 자들이다.

당문은 점창마검을 이기지 못할 거란 생각에 편법을 쓰고 있는 것이 분명했다.

이래서 강호의 명문들은 생각하는 게 편협해지기 쉽다. 안 된다는 판단이 들면 깨끗하게 포기해야 하는데 이런 편법을 써서라도 명예를 회복하려 한다. 기호지세란 말도 어울리지 않으니 억지를 쓰는 당문이 불쌍해 보였다. 저들은 점창에 마 검만 있는 게 아니라는 걸 모르는 모양이다.

용화에서 당호를 잡은 것은 다름 아닌 운곡이다. 풍운대의 대사형 운곡.

청문자는 물끄러미 당추의 얼굴을 바라봤다.

그리고는 희미한 미소를 베어 물었다.

당문에서 어떠한 제안을 해도 선봉은 운곡이었다.

연승식이든 복승식이든 합격진이든 모든 비무의 선봉은 운곡이란 뜻이다.

그만큼 운곡은 청문자가 인정하는 강한 무인이다.

지난 이 년 동안 운곡은 회풍을 구성까지 끌어올려 절정의 끝을 향해 다가섰다.

향후 몇 년만 더 지나면 운곡은 청문자도 장담하지 못할 검객이 되어 천하를 질주할 것이 분명했다. 그런 운곡을 지목했으니 청문자는 속으로 헛웃음을 짓고 말았다.

운호가 나선다면 더할 나위 없겠지만 흑호의 무력이 어떠한지 몰라도 운곡이라면 절대 지지 않을 자신이 있었다.

"당추, 그대는 후회하지 않겠는가?"

"당연하오."

"그렇다면 그리 하지. 준비시키게. 우리도 준비할 테니."

당문혁은 검은 호면을 쓴 채 다가오는 운곡을 기다렸다.

황수전투는 그의 무인 인생을 바꾸는 계기가 되었다.

황수전투는 그에게 경이였고 분노였으며 고통이었다.

당문으로 돌아간 그는 몇 날 며칠을 뜬눈으로 새우며 잠을 이루지 못했다.

좌절감이 가슴에 빽빽이 들어차 아무것도 할 수 없었다.

점창마검의 무력과 투지.

눈을 감으면 폭풍처럼 전진하던 그의 모습이 떠올라 저절로 손아귀에 힘이 들어갔고 입술이 바짝바짝 말랐다.

시간은 그의 편이 아니었으며 기억을 지워 버리지 못하는 머리 역시 그의 편이 아니었다.

그러나 무인의 심장은 난관을 극복해 나가는 피가 흐른다.

칩거한 채 움직이지 않던 그가 방문을 박차고 나온 것은 칠일이 지난 후였다.

그의 눈에 담긴 것은 좌절감 대신 상승에 대한 불타는 의지였다.

무암동(無岩洞).

당문의 비지인 무암동에 그가 스스로 문을 걸어 잠그고 들어간 것은 이 년 전이었다.

이루지 못하면 나가지 않는다.

그런 신념으로 연환십이참(連環十二斬)을 참오하며 뼈를 깎는 노력을 기울였다.

철벽처럼 가로막고 있던 구연참을 성공시킨 것은 불과 한 달 전의 일이다.

독왕이라 불리는 당문주 당청은 십연참으로 무림 무력 서열 오십구 위에 올랐으니 그의 성과는 대단한 것이었다.

점창과의 비무에서 그는 운호와의 승부를 바랐다.

점창마검.

황수전투의 영웅이며 세상을 떠들썩하게 만든 신성.

그와 당당히 맞서 이기고 싶었다.

하지만 가문의 어른들은 자신의 소망을 단박에 꺾어버렸다.

가문의 명예.

어른들은 자신의 소망보다 가문의 명예를 택하고 말았다.

받아들이고 싶지 않았으나 받아들여야만 했다.

당문에서 자랐으니 당문의 명예를 회복하는 것 또한 자신의 소망에 비해 적지 않은 일임을 너무나 잘 알기 때문이다.

검을 왼손에 든 운곡은 무표정한 얼굴로 당문혁이 기다리는 곳을 향해 다가갔다.

팔짱을 낀 채 자신을 기다리는 호면의 사내.

고요함 속에 들어 있는 기세가 마치 폭풍전야처럼 느껴지는 사내다.

"만나서 반갑소. 나는 운곡이라 하오."

"흑호요."

"당문의 외원당주께서 피를 보지 않길 원하시더이다. 당신의 뜻도 그렇소?"

"숙부께서는 그리 말씀하셨으나 그게 마음대로 되는 건 아니지요. 내 폭우이화정은 눈이 없는지라 쉽지 않을 것 같구려."

"그렇다면 할 수 없지요. 내 검에는 눈이 달려 있기 때문에 해본 말이었으니 이해하시오. 대신 승부가 결정되면 즉시 검을 거두리다."

"고마운 말이오. 그대와 나, 아무런 원한이 없으니 후회 없이 싸워봅시다."

당문혁의 말도 당연했고 운곡의 말도 당연하다.

흑호의 독문 병기는 폭우이화정이란 천고의 암기다.

어떤 이는 내공으로 암기를 조절해서 마음대로 움직인다는 소리도 하지만 그것은 진정 꿈속에서나 가능한 이야기다.

입신의 경지에 든 무인이 이기어검술을 펼쳤다는 전설은 들어봤어도 수많은 암기를 내공으로 조절했다는 건 전설에도 없다.

암기술의 정화는 속도와 변화, 그리고 정교함이다.

시전자의 손에서 떠난 암기에는 내공이 담겨 적의 숨통을 단박에 끊는 사혈을 노린다.

막기 위해 최선을 다하는 적의 방어를 뚫고 치명타를 가하는 무공이 바로 연환십이참이란 암기술이었다. 끝장을 보겠다면 피를 보지 않고 승부를 낸다는 것은 말이 되지 않는다.

그랬기에 당문혁은 단호하게 운곡의 제의를 거부할 수밖에 없었다.

하지만 운곡은 달랐다.

만병지왕인 검은 주인의 손에 들리는 순간 한 몸이 되어 주인의 의지를 따른다.

승부를 낸 후에는 주인의 의지에 따라 피를 볼 수도 있고 보지 않을 수도 있으니 검에 눈이 달렸다 해도 그리 틀린 말은 아니었다.

운곡의 제안은 간단한 것이었다.

목숨을 걸겠냐는 뜻이었고, 상대는 그러마고 대답했다.

승부가 나면 검을 내려놓겠다고 말했으나 그리 되지 않을 것이란 걸 너무나 잘 알고 있다.

이 승부는 피를 흘려야 끝이 난다.

운곡은 견적세를 취한 후 적의 움직임을 기다렸다.

검을 들어 상대의 눈을 겨냥한 견적세는 어떠한 공격에도 즉시 방어할 수 있는 기본 자세다.

당문의 독문 무공 연환십이참은 용화에서 당호를 꺾으며 견식한 바 있다.

세상에 존재하는 모든 무리가 한꺼번에 들어 있는 무공이다.

강, 유, 접, 호, 쾌, 둔.

어떠한 것도 배제되지 않은 절대의 암기술.

다행스럽게도 당호의 성취가 그리 크지 않았기 때문에 막아낼 수 있었으나 그럼에도 세 군데에 상처를 입어야 했다.

호흡을 고르고 적을 바라보는 운곡의 눈이 깊게 침잠되어 갔다.

확실히 다르다.

당호의 기세와는 비교할 수 없는 강력함이 당문혁의 몸에서 슬금슬금 새어 나오고 있다.

당문혁이 움직인 것은 운곡의 검극이 내력에 의해 미세하게 떨리며 소리 내어 울기 시작할 때였다.

폭우이화정(暴雨梨花釘).

천고의 암기 폭우이화정이 공간을 압축시키며 날아올랐
다.

당문혁이 시전한 폭우이화정은 당호의 것과 다르게 벌 떼
의 울음소리처럼 기괴한 음향을 토해내며 날아왔다.

주입된 내력의 강도 차이다.

그만큼 당문혁은 당호와 비교조차 할 수 없는 무인이란 뜻
이다.

연환십이참은 중첩의 원리가 근간에 있고 공격은 십방(十
方)을 제압하는 데부터 시작된다.

그 십방의 제압은 일초부터 바로 운용되며 폭우이화정의
숫자와 내력의 강도에 따라 초식이 바뀐다.

연환십이참은 개별 초식의 운용보다는 초식과 초식이 연
환될 때 위력이 커지고, 초식의 중첩이 많아질수록 막강한 위
력을 나타내는 특징이 있다.

그랬기에 당문혁은 처음부터 다섯 개의 초식을 연환시켜
운곡을 공격했다.

고요하게 서 있는 운곡의 기세는 절정검객의 표상을 보여
주는 것이었다.

저 정도의 검객에게 서툰 공격을 한다면 순식간에 승부가

갈릴 위험이 있다는 걸 너무나 잘 알기에 그의 신형은 바람처럼 움직였다.

반격을 허용하지 않기 위함이다.

강력한 연환십이참의 위력을 뚫고 상대의 검이 자신을 따라잡는다는 것은 패배를 의미하는 것이나 다름없었다.

운곡은 벌 떼의 울음처럼 들리던 소음이 귓가로 닥칠 때에야 비로소 견적세를 무너뜨렸다.

상대는 당문이 자랑하는 암천 칠비의 수장이다.

한순간의 방심은 패배를 불러오고 점창의 명예를 나락으로 떨어뜨리게 된다.

목숨을 잃는 것보다 훨씬 더 두려운 것은 사문의 명예가 당문에 의해 손상되는 것이다.

그것은 절대 일어나서는 안 되고 있을 수도 없는 일이었다.

운곡의 검에서 숨죽여 기다리던 시퍼런 검기가 넘실거리며 일어섰다.

그 검기가 십방을 장악하고 날아오는 폭우이화정에 맞서 공간과 공간 사이를 완벽하게 차단하며 돌진한 것은 당문혁의 차갑게 내려앉은 눈을 확인한 후였다.

단숨에 격파하지 못하면 당한다.

적의 공격은 한 번으로 끝나는 것이 아니라 연환된다는 것을 용화에서 봤으니 운곡은 곧바로 분광을 꺼내 들고 정면대결을 펼쳤다.

움찔.

칠성이 주입된 분광이 폭우이화정과 부딪치자 신형이 흔들리며 검의 전진을 방해했다.

강력한 힘이다.

충격의 여파가 끝나기도 전에 두 번째 공격이 파도처럼 밀려와 제대로 몸을 수습하지 못한 상태에서 충돌이 이루어졌다.

미처 균형을 잡지 못한 상태에서 날아온 이파는 처음 것보다 더 강력해서 결국 한 걸음 밀려날 수밖에 없었다.

숨 쉴 틈 없는 공격과 똑같은 양상의 반복.

문제는 충돌로 인한 결과가 처음보다 더 안 좋게 나타났다는 것뿐.

시간이 지날수록 운곡의 몸에 상처가 생기기 시작했다.

치명적인 상처는 아니었으나 워낙 강력한 내력이 담겨 있어 제치고 흘렸는데도 폭우이화정은 몸을 스치며 피가 흐르도록 만들었다.

공간을 장악하며 날아드는 폭우이화정은 너무 빨라 눈에 보이지 않았고, 상상하지 못할 만큼 강해져 운곡의 전신을 노렸다.

이대로 방어에 치중하다가는 당할 가능성이 컸다.

더군다나 이미 구성의 내력을 썼는데도 상황은 호전되지

않았기에 운곡은 지금까지 숨겨놨던 회풍을 꺼내 들었다.

승부를 볼 때였다.

운곡의 검에서 생성된 검기가 온 하늘을 누비며 회전하기 시작하자 그동안 직선으로 날아오던 폭우이화정도 방향이 꺾이며 돌았다.

회풍을 기다린 것이 분명했다.

속도와 강력함으로 무장되어 있던 폭우이화정에 변화가 담기며 충돌의 위치가 수시로 바뀌자 회풍을 꺼냈음에도 상황은 호전되지 않았다.

이래서는 안 된다.

상대의 눈은 조금의 변화도 없이 차분하게 가라앉은 채 자신의 일거수일투족을 낱낱이 꿰뚫고 있었다.

운곡이 지그시 입술을 깨물었다.

다섯 번의 공격을 더 받았고 그보다 더 많은 상처가 다시 생겨 전신이 피로 물들었다.

여전히 당문혁은 보이지 않을 정도로 빠르게 암기를 날리며 유령보를 펼쳐 끊임없이 이동하고 있었다.

반은 보이고 반은 보이지 않는다.

쉽게 말해서 당문혁의 신형은 언제나 사선과 호선의 경계에서 움직이고 있다는 뜻이다.

운곡의 신형이 유운신법을 펼쳐 날아간 것은 마지막 날아온 폭우이화정이 옆구리를 스쳐 지날 때였다.

극히 미세한 한 호흡의 차이.

방어를 도외시한 채 운곡은 폭우이화정을 검으로 받지 않고 몸으로 받아냈다.

그리고 그 짧은 순간을 이용해 운곡은 마지막 승부를 걸었다.

분수처럼 솟구친 피가 운곡이 펼친 검기와 함께 사선과 호선의 경계선에 서 있는 당문혁을 향해 날아갔다.

예상치 못한 움직임.

지금까지의 흐름은 당문혁이 예상한 대로 진행되고 있었다.

나는 동(動)이고 적은 정(靜)이다.

이것이 십이연환참의 기본이다.

강력한 공격으로 수세에 몰리도록 강요하고 쉼 없는 공격으로 반격의 빌미조차 주지 않고 적을 꺾는다.

강호의 일절로 불리는 이유.

아무리 고강한 무력을 지닌 자라도 십이연환참에 걸리면 눈앞에 피를 흘리고 있는 운곡처럼 결국 망신창이가 되어 쓰러질 수밖에 없다.

물론 방법은 있다.

단숨에 십방을 장악한 두 번의 연환 공격을 깨뜨리면 시전자의 신형이 적의 검에 노출된다.

그때 적의 공격을 감당하지 못하면 쓰러지는 것은 십이연환참을 시전한 자신이 되고 만다.

하지만 절정의 끝을 향해 다가서고 있는 자신의 공격을 한 꺼번에 두 번이나 깨뜨린다는 것은 불가능에 가까운 일이다.

그랬기에 운곡의 움직임을 면밀히 관찰하며 천천히 숨통을 죄고 있는 중이었다.

그런데 운곡은 예상을 깨고 경계선에 선 자신을 향해 날아오고 있었다.

작은 것은 주고 큰 것을 잡는다.

목숨을 걸고 싸우는 무인들이 가장 기본정신으로 삼는 사소취대의 원리.

하지만 운곡의 행동은 절대 사소취대라고 볼 수 없는 것이었다.

아무리 작게 잡아도 중상을 입게 되는 행동을 서슴없이 했으니 운곡의 행동은 사소취대가 아니라 사대취대라고 봐야 한다.

죽어도 지지 않겠다는 신념이 아니면 할 수 없는 행동이었다.

놀라움으로 눈이 찢어질 듯 커졌으나 당문혁은 입에서 나오는 신음을 억지로 참으며 지금까지 아껴두었던 구연참을 터뜨렸다.

고수의 타고난 본능은 이처럼 무섭다.

그 짧은 순간의 허물어진 균형을 노리고 운곡은 공중으로 도약했다. 당문혁은 자신이 가진 최대 비기 구연창을 서슴없이 꺼내 들며 마주 신형을 끌어올렸다.

허공에서 연작놀이처럼 수많은 불꽃이 피어올랐다.

더불어 고막이 찢어질 것 같은 충돌음이 터져 나왔고, 그 여파로 땅이 흔들거렸다.

콰앙! 쾅! 쾅! 콰앙!

뿌연 먼지가 장안평을 휩쓸던 회오리와 섞여 비산해서 두 사람의 신형을 숨겨 버렸다.

그리고 한참 후.

먼지가 가라앉자 검으로 지탱한 채 무릎을 꿇고 있던 운곡이 천천히 일어나 쓰러져 숨을 헐떡거리고 있는 당문혁을 향해 무심한 눈길을 던지는 것이 보였다.

승리를 했음에도 운곡은 혈인이 되어 몸을 제대로 가누지 못하고 있었다.

비무가 아니라 죽음을 두고 싸운 승부다.

문파의 명예를 두고 건곤일척의 승부를 펼쳤으니 운곡과 당문혁의 싸움은 비무가 아니라 일인전쟁이었다.

손에 땀을 쥐고 관전하던 당문과 점창의 무인들은 승부가 결정 나자 즉시 움직여 운곡과 당문혁을 각자의 진영으로 옮겼다.

운곡은 비틀거리며 두 발로 걸었지만 당문혁은 결국 업혀서 옮겨졌다.

누가 봐도 운곡의 승리였기에 점창무인들의 얼굴은 기쁨이 그득했으나 당문무인들은 달랐다.

그들은 쓰러져 움직이지 못하는 당문혁을 확인한 후 분노의 시선으로 점창무인들을 쏘아보고 있었다.

금방이라도 병기를 빼 들 기세.

그러나 앞으로 나서며 그들의 행동을 막은 것은 당추였다.

그의 얼굴은 굳어질 대로 굳어져 마치 석상으로 보일 지경이었다.

"훌륭한 솜씨였소. 하지만 내 사질이 방심한 부분도 보이는구려. 유리하다고 방심을 하다니, 쯧쯧."

"무슨 소릴 하고 싶은 건가?"

"그렇다는 거요. 실력이 더 뛰어남에도 방심으로 인해 졌으니 안타까워서."

"어쨌든 승부가 갈렸으니 이제 그만 헤어지는 것이 어떻겠나? 계속 봐야 서로 감정만 상할 테니 말일세."

"…그럽시다. 하지만 입조심은 해줬으면 좋겠소. 다시 말하지만 실력이 떨어져서 진 것이 아니니 함부로 당문의 명예에 금이 가는 짓은 하지 않았으면 하오."

"당추, 예전의 그대가 아니구나. 언제부터 무인의 자존심을 가문의 명예와 바꿨단 말이냐?"

"다른 말 할 것 없고, 약속이나 해주시오."

어느새 붉어진 눈의 당추가 한 걸음 더 나왔다.

그는 어느새 기세를 풀어놓고 있었는데 뒤쪽에 포진하고 있는 호법들과 십팔혈룡, 뇌광십삼포 등이 모두 자신의 병기에 손을 얹고 있었다.

청문자의 대답 여하에 따라 이곳 장안평에서 끝장을 볼 수 있다는 의지를 그들은 숨기지 않았다.

가문의 명예는 비겁함도 가리게 만드는 명분이 되는 모양이다.

그럼에도 청문자의 눈은 한 치의 흔들림도 보이지 않았다.

"네 말대로 그리해 주마. 그러니 조용히 돌아가라."

"청문자의 이름으로 약속할 수 있겠소?"

"난 한입으로 두말하지 않는다."

"고맙다는 말은 하지 않겠소. 그리고 부끄러워하지도 않을 것이오. 그대도 점창의 명예가 달린 일이었다면 목숨을 걸었을 테니 말이오."

"하긴 그럴 수도 있었겠지. 무슨 말인지 알아들었으니 그만하지."

당추의 말에 의미 모를 웃음을 얼굴에 떠올린 청문자가 가볍게 혀를 차며 돌아섰다.

이제 당문과는 더 이상 관여하지 않겠다는 그의 의지가 등에 그대로 담겨 있었다.

확연하게 진 승부를 두고 억지 쓰는 당추의 모습에서 청문자는 당문의 모습을 보았다.

남의 피 값을 고스란히 챙겨놓고 깨끗하게 입을 닦아버린 당문과 당추의 모습이 중첩되어 더 이상 상종하기 싫다는 마음이 들었다.

하지만 그는 돌아서서 곧장 점창무인들이 있는 쪽으로 돌아가지 못했다.

뾰족한 음성이 그의 발길을 잡았기 때문이다.

"아직 끝나지 않았어요!"

8장

사랑, 눈물, 이별

가녀린 체구, 오색나비의 안면.

앞으로 나선 여인은 등을 돌린 청문자를 향해 날카로운 기파를 쏘아내어 걸음을 멈추게 만들었다. 돌아서는 청문자를 향해 기다렸다는 듯 깊숙이 고개를 숙여 예를 표한 후 입을 열었다.

"저는 당문의 유성호접이라고 합니다. 칠비 중 한 명이지요."

"그런데?"

"이상하게 들리겠지만 칠비 중 가장 강한 무인은 접니다. 사숙께서 왜 흑호 사형을 내보냈는지 모르겠지만 저는 이번 비무를 인정할 수 없습니다."

"도대체 무슨 말이냐? 칠비의 수장이 저기 있는 흑호가 아니란 말이냐?"

"풍운대의 수장도 마검은 아니지요."

"흠, 그래서 어쩌잔 말이냐?"

"마검과 비무를 하게 해주세요."

안면을 가렸음에도 별빛처럼 빛나는 그녀의 눈이 청문자를 향해 거침없이 다가왔다.

한 올의 두려움도 없는 시선이다.

그랬기에 청문자의 시선이 그녀에게서 당추로 옮겨졌다.

그녀의 말이 사실이냐는 의미와 정말 비무를 원하느냐는 물음이 담긴 시선이다.

운호는 운곡과 격이 다른 무인이다. 아무리 그녀가 칠비 중 가장 강한 무력을 지녔다 해도 운호를 이긴다는 건 말이 되지 않는다.

오히려 쓰러진 당문혁처럼 중상을 입고 들것에 실려 후송될 가능성이 컸다.

다행스럽게도 당추의 반응은 즉각적이었다.

"그만하거라. 승부는 끝이 났다. 더군다나 점창은 우리가 바라는 대로 해주기로 했으니 더 이상 시비를 걸지 말라."

"숙님, 저는 물러설 수 없습니다. 이번 비무는 점창과 당문의 이름을 걸고 싸우는 게 아니라 저 유성호접의 명예를 위해서 싸우겠어요. 마검, 어디 있느냐? 앞으로 나서라!"

당추의 만류에도 그녀는 막무가내였다.

처음부터 작심한 모양인지 그녀는 당추의 손을 뿌리치고 앞으로 나서며 운호를 불렀다.

"뭐냐, 쟤는?"

"운호야, 너 아는 애냐?"

날카로운 소리가 장안평에 울려 퍼지자 운상과 운여가 궁금하다는 얼굴로 운호를 쳐다봤다.

그녀의 목소리는 쇠가 긁히는 소리처럼 무척이나 듣기 거북했는데 음성을 변조한 것이 분명했다. 이제 모든 것이 끝나고 헤어질 마당에 갑작스럽게 나선 여인이 불러대자 궁금해서 미치겠다는 표정들이다.

그러나 그것은 운호도 마찬가지였다.

"모르는 애다. 더군다나 얼굴까지 가렸잖아."

"그런데 쟤가 왜 널 불러? 너 뭐 잘못한 거 있어?"

"그러니까 답답한 일이지. 부르는 목소리에 가시가 박힌 걸 보니 좋은 일로 부르는 거 같지는 않네."

슬쩍 입을 내민 운호는 제자리에서 꼼짝도 하지 않은 채 당운영을 쳐다봤다.

십 장의 간격이 떨어져 있고 그동안 운곡의 비무를 관전하느라 그녀에 대해서 별다른 관심을 가지지 않았었다. 그런데 갑작스럽게 자신을 불러대니 황당한 마음이 들었다.

궁금했으나 쉽게 움직일 수는 없었다. 이번 행사의 주관은 청문 사숙이 하고 있어 그의 명이 없으면 움직일 수 없기 때문이다. 하지만 그녀의 말은 점점 심해져 갔다.

"마검, 겁을 먹은 것이냐! 당문의 유성호접이 한판 붙자는데 왜 나오지 못하느냐! 마검이라는 명호가 부끄럽지 않으냐!"

몇 차례에 걸쳐 나오라고 소리치던 그녀의 입에서 점점 과격한 언사가 쏟아졌다.

이대로 있으면 무슨 말을 할지 모를 정도로 그녀는 안하무인이었다.

결국 참지 못하고 입을 연 것은 운상이었다.

"아니, 저놈의 계집애가 미쳤나? 갈수록 지랄일세. 사숙은 뭐하시는 거야? 그냥 가든가, 아니면 화끈하게 한판 붙도록 해주든가 하시지. 운여야, 운호 귀 막아줘라. 이러다가 내상 입겠다."

틀린 말은 아니다.

사내도 아니고 여자에게 비겁하다는 소릴 연속으로 듣는 것은 분명 고역스러운 일이었다.

청문자에게서 신호가 온 것은 다행스럽게 운여가 정말 운호의 귀를 막겠다고 나설 때였다.

청문자 역시 그녀의 폭언을 더 이상 견디지 힘들었던 모양이다.

하지만 그의 행동은 예상과 달랐다. 그녀가 있는 중앙으로 걸어 나가자 돌아오던 청문자는 운호의 걸음을 멈추게 만든 후 이해하지 못할 말을 했다.

"운호야, 조심하거라. 몸에 상처를 내서는 안 된다. 특히 얼굴은 조금이라도 긁혀서는 안 돼. 무슨 뜻인지 알겠지?"

"그게 무슨 말씀이세요? 싸우라는 거 아니었습니까?"

"저 아이, 조만간 혼인한다는구나."

청문자는 운호의 곁을 스쳐 지나며 작게 마른기침을 흘렸다.

누군가 어떤 행동을 할 때는 저마다의 사정을 가지고 움직인다.

특히 당문 칠비에 해당하는 무인의 막무가내 행동에는 반드시 그만한 이유가 있을 거라 생각했다.

그것이 여인이라도 말이다.

그래서 당추를 바라봤다.

하지만 그 역시 당황한 얼굴로 서 있을 뿐 그녀가 왜 이런 행동을 하는지 모르는 것 같았다.

인내의 시간은 금방 지나갔다.

무인으로서 받아들이기 힘든 모욕을 받았고 참아낼 수 있는 시간이 모두 지났으니 이제 점창에서 할 수 있는 것은 단

하나밖에 남지 않았다.

도전과 응전.

무림의 역사는 언제나 이렇게 움직여 왔다.

그랬기에 청문자는 손짓으로 운호를 불러냈다.

진 것도 지지 않았다고 우기는 당문에게 빌미를 만들어주고 싶지는 않았다.

단호하게 대처해서 확실하게 매듭을 짓고 떠나는 것이 가장 좋은 방법이란 판단이 들었다.

당추의 전음이 급히 들려온 것은 운호가 중앙으로 걸어 나올 때였다.

"이 아이는 나의 친형님인 내원당주 당황의 딸이오. 도대체 왜 이런 고집을 부리고 있는지 알 수 없으나 칠비 중 가장 강하다는 말도 사실과 다르오. 더군다나 보름 후 혼사를 치러야 하는 아이이니 사정을 봐주셨으면 하오. 부탁이오."

운호는 청문자의 말을 듣고 고개를 흔들었다.

혼인까지 한다는 여인이 저토록 집요하게 자신을 찾은 이유를 알 수 없었기 때문이다.

하지만 그 이유는 그녀와 일 장을 격하고 섰을 때 금방 알수 있었다.

안면으로 얼굴을 가렸음에도 단박에 알아봤다.

언제나 그리워하던 그녀의 눈이다.

별빛처럼 아름답게 빛나던 눈.

따듯한 미소와 더불어 그윽하게 바라보던 그녀의 눈은 절대 잊을 수 없는 것이었다.

"소저……."

"아무 말도 하지 말아요!

냉랭한 말투.

한 번도 상상해 보지 못했던 음성이다.

그녀의 음성은 북풍한설처럼 차가웠고 칼날처럼 날카로워 심장을 찌를 것처럼 느껴졌다.

그럼에도 운호는 한 걸음 앞으로 나서며 그녀를 다시 불렀다.

"소저, 보고 싶었소."

"거짓말!"

"정말이오. 그대를 나는 한 번도 잊은 적이 없소."

"흥, 사내가 가식적인 말을 입에 달고 사는군요."

"거짓이라고 해도 좋소. 하지만 내 마음은 항상 그대 옆에 있었소."

운호의 말에 당운영의 신형이 부르르 떨렸다.

그녀는 운호를 똑바로 바라본 채 말을 잇지 못했는데 두 손은 꼬옥 쥐어져 있었다.

그 모습이 너무 안쓰러워 운호는 가슴이 먹먹하게 아파왔다.

"많은 후회를 했소. 마음에 둔 여인에게 어찌해야 하는지 알지 못했기 때문에 저지른 바보 같은 행동이었소."

"그만하세요."

"소저를 아프게 했다면 정말 미안하오."

"난 이미 정혼자가 있는 사람이에요. 당신의 말은 더 이상 듣고 싶지 않아요."

"혼인을 한다는 것이 정말이란 말이오?"

"그래요. 이 년이었어요. 그 이 년 동안 당신은 한 번도 나를 찾아오지 않았어요. 하다못해 서신이라도 전해줬다면 나는… 나는……."

"모든 것이 나의 잘못이오."

"오랜 시간 당신을 그리워했어요. 하지만 이젠 돌이킬 수 없을 정도로 늦었답니다. 검을 뽑으세요. 당신을 그리워하던 내 마음을 나비에 심어 돌려드릴게요."

"소저에게 검을 겨누기는 싫소."

"마음대로 하세요. 그리 되면 점창의 마검이 당문의 유성호접에게 패했다는 소문이 천하에 파다하게 퍼질 테니까요."

"괴롭소. 그만하시오."

"나는 더 괴로웠어요."

"정혼자는 어떤 사람이오?"

"그 사람에 대해서 알려고 하지 말아요. 이제 그만하고 검을 뽑아요. 분명히 경고했으니 원망하지 말아요."

운상과 운여는 두 사람을 의아한 눈으로 바라보고 있었다.

돌아온 청문자의 태도도 이상했고, 싸우기 위해 나선 운호의 표정도 이상했다.

더욱 이상한 것은 두 사람이 마주 서서 꼼짝하지 않고 있다는 것이다.

"운여야, 네가 봤을 때 쟤들 뭐하는 것처럼 보이냐?"

"대화를 나누는 것 같은데?"

"그렇다면 내 눈이 잘못되지 않았군."

"너도 그렇게 생각했으면서 왜 물어?"

"저 여자, 아무래도 당운영 소저 같아."

"헉!"

운상의 말에 운여의 입에서 바람 빠지는 소리가 흘러나왔다.

너무나 의외의 말이었기 때문이다.

그가 알기로 두 사람은 좋은 감정을 가지고 있었는데 지금의 상황은 전혀 그렇지 않았다.

그러나 운여는 금방 반박하지 않고 그저 눈만 크게 뜬 채 운상을 바라봤다.

자신은 당운영을 보지 못했지만 운상은 그녀를 옆에서 지켜본 사람이다. 그랬기에 그는 조심스런 목소리로 되물었다.

"왜 그렇게 생각하지?"

"그냥 직감이야."

"그 직감, 쓸 만한 거냐? 두 사람, 서로 좋아한다며. 네 눈에는 저 여자가 운호를 좋아하는 것으로 보여?"

"아니. 전혀. 아무래도 이 년이란 세월이 쟤들 사이에 좋지 못한 뭔가를 만든 모양이다."

"이유는?"

"그걸 내가 어떻게 알아? 어쨌든 내 짐작이 틀렸으면 좋겠다."

"네 말대로라면 말려야 되는 거 아냐?"

"이미 늦었어. 시작하잖아."

당운영의 별호는 유성호접이다.

유성호접은 그녀가 여인이고 나비 문양의 안면을 썼기 때문에 붙여진 별호가 아니었다.

추혼비접(追魂飛蝶).

당문에는 이대암기술이 있는데 주력 무인들이 익히는 십이연환참과 추혼비접(追魂飛蝶)이 바로 그것이다.

어떤 것이 더 강하냐고 묻는다면 대답을 하지 못한다.

두 가지 암기술 모두 극에 달하면 만천화우를 펼칠 수 있는 천고의 비학이기 때문이다.

다만 굳이 구분을 한다면 남자 무인은 대부분 십이연환참을 익히고 여자 무인은 추혼비접을 익힌다.

그 차이는 섬세함에 있었다.

십이연환참에도 변화가 있으나 근간을 강력함에 둔 반면 추혼비접은 모든 초식의 근간이 변화였다. 따라서 추혼비접은 섬세한 성격과 손길을 지닌 여인에게 가장 적합한 암기술이었다.

당운영이 익힌 것은 바로 추혼비접이었고, 그 경지가 구성에 달한 절정고수였기 때문에 사천 무인들을 그녀를 일러 유성호접이라 불렀다.

당추가 그녀를 칠비 중 가장 강하지 않다며 부정한 것은 마검을 염두에 두었기 때문임이 분명했다.

실질적으로 그녀의 무력은 흑호(黑虎)와 고하를 구분하기 어려울 정도로 강했으나 깊은 심계를 지닌 당추는 그녀의 무력이 별것 아닌 것처럼 말했다.

이유는 두 가지.

하나는 친형의 딸이 상처를 입고 쓰러지는 것을 방지하기 위함이고, 둘째는 그녀가 방심한 마검을 쓰러뜨릴 수도 있을 것이란 기대감을 가지고 있었기 때문이다.

그만큼 그녀의 무력은 강했다.

그녀는 어쩔 수 없이 운호가 검을 꺼내 들자 천천히 춤추듯 움직이기 시작했다.

정인을 앞에 두고 사랑을 속삭이는 여인처럼 춤사위는 고혹적이고 유연해 운호는 시선을 떼지 못한 채 그녀의 눈을 바라봤다. 그녀의 눈은 여전히 별빛처럼 빛났지만 그 속에 담긴 것은 기쁨이 아니라 지독한 슬픔이었다.

한 마리의 나비가 그녀의 손을 떠나 천천히 날아왔다.

유혹이라도 하듯 팔랑거리며 날아온 흑접은 운호의 곁을 맴돌며 수줍게 춤을 추었다. 마치 그녀가 운호에게 처음 다가왔을 때처럼.

흑접은 일 장을 격한 채 뱅뱅 돌기만 했는데 마치 운호에게 말을 거는 것처럼 느껴졌다.

처음 것보다 조금 더 크고 화려한 세 마리의 나비가 부드럽게 허공을 유영해서 다가온 것은 흑접이 운호의 몸을 세 바퀴째 돌았을 때다.

세 마리의 나비는 처음의 흑접과 어울려 절묘한 춤사위를 펼치며 운호의 몸을 감쌌다.

따스한 기운.

나비에게 감정이 있다면 그것은 바로 사랑이었을 것이다.

나비들은 한참을 날았다.

쌍으로 비행했고, 엇갈리기도 했으며 원을 돌며 서로의 몸을 탐하기도 했다.

바라보는 것만으로도 미소가 지어질 만큼 나비들의 유영은 사랑을 가슴에 품은 연인들의 몸짓 그 자체였다.

나비들만 춤춘 것은 아니었다.

연환십이참의 기본 원리를 추혼비접도 가지고 있는 모양

이었다.

당운영은 나비들이 춤추는 동안 육안의 경계선에 머물며 옷깃을 날리고 있었다.

그녀의 몸 사위도 나비와 같았다.

사랑하는 사람을 위해 춤을 추는 여인처럼 그녀의 춤은 그렇게 보는 이의 마음을 포근하게 만들었다.

그러나 그녀의 춤은 오래가지 않았다.

쌍으로 움직이며 사랑을 노래하던 나비들이 각자의 길을 떠나며 이별을 노래했다.

나비들의 헤어짐은 멀지 않은 거리였으나 천릿길로 여겨졌고, 그 몸짓에서 이별의 아픔이 절절히 느껴졌다.

그녀의 눈에서 눈물이 흐른 것은 나비들이 운호에게 인사하듯 잠시 멈춰 섰다가 자신의 품으로 돌아왔을 때다.

그리고 검은 안개가 온통 하늘을 뒤덮었다. 온 하늘이 그녀의 손사위에 나비로 뒤덮였고, 기괴한 음향이 공간을 덮으며 운호에게 날아갔다.

공격 의사가 없어 보이던 그녀에게서 상상조차 하지 못할 만큼 경천동지할 공격이 터지자 점창무인들의 입에서 경악성이 흘러나왔다.

기습이나 다름없는 공격이었고, 너무나 치명적이라 피할 길이 보이지 않았다.

최선을 다하지 않는다면 목숨을 보장하지 못할 만큼 강력한 공격이었다.

그럼에도 운호는 움직이지 않았다. 나비들이 몸을 스치며 피를 튀겨냈지만 조용하게 서서 눈물 속의 그녀를 바라만 보았다.

마치 폭풍우처럼 다가왔으나 살기가 없으니 눈속임에 지나지 않는 공격이었다.

그랬기에 피하지 않았다.

그대의 인사를 어이 마다하리. 몸에서 흐른 피가 그대의 마음을 어루만져 아픔을 달래줄 수만 있다면 언제라도 그리하겠네.

그대의 마음이 느껴지오.

나에 대한 미움, 나에 대한 사랑, 나에 대한 그리움.

착한 당신. 그대는 끝내 나를 미워하지 못하는 모양이오.

피가 흘러 방울방울 땅으로 떨어지기 시작했다.

수많은 나비의 공격은 운호의 전신을 망신창이로 만들고 있었다.

그럼에도 운호는 슬픈 웃음을 지은 채 그녀에게서 시선을 떼지 않았다.

그 모습을 바라보는 당운영의 눈에서 눈물이 홍수가 되어 흐르고 있었다.

"당신, 왜 막지 않았나요?"

"그대가 준 마지막 선물을 어찌 거부할 수 있겠소."

"바보… 바보… 당신… 끝까지……."

혈인이 되어 서 있는 운호를 향해 그녀의 몸이 뛰어들었다.

그녀는 운호의 온몸을 어루만지며 울었다.

손을 들어 그녀를 달래주지 못했다.

남의 아내가 될 사람. 심장은 그녀를 안으라 했지만 차가운 머리는 그러면 안 된다며 그의 팔을 꼼짝하지 못하게 만들었다.

조금이라도 그녀에게 해가 되는 행동을 해서는 안 된다. 지금까지 아프게 했으니 더 이상 아프게 할 수는 없다.

그랬기에 온 힘을 다해 참았다.

그녀의 따스한 손, 그녀의 참새처럼 가녀린 어깨, 그녀의 눈물 젖은 얼굴.

눈을 아래로 내리자 나를 붙잡고 하염없이 울고 있는 그녀의 모습이 보인다.

울지 마오, 그대여.

이것은 모두 그대를 제대로 사랑하지 못한 나의 잘못이니 내가 그대 몫까지 아파하리다.

한참 동안 운호의 몸을 쓰다듬던 당운영은 천천히 손길을 거두었다.

그녀의 눈에 걸린 눈물이 보석처럼 아름다웠다.

티 하나 없던 순백의 흰옷은 어느새 운호의 피가 묻어 붉게 물들었고, 그녀의 흰 손 역시 피로 얼룩져 본래의 색깔을 잃어버렸다.

그녀는 피 묻은 그 손을 천천히 끌어올려 운호의 얼굴을 매만졌다.

이마, 눈, 코, 그리고 입술까지.

아주 느리게, 정성을 다해.

마지막 턱 선을 끝으로 손길을 회수한 그녀는 운호의 눈을 한동안 하염없이 바라봤다.

그리고는 조용히 입을 열었다.

"당신을 만난 것은 제가 지금까지 꾸었던 어떤 꿈보다 황홀한 꿈이었어요. 저는 그 꿈속에서 기뻤고 슬펐으며 행복했답니다. 이제 저는 그 꿈에서 깨어나 제자리로 돌아가려 해요. 알아요, 당신 마음. 그래서 나는 이렇게 울면서도 기쁘게 돌아설 수 있어요. 잘 가세요. 내가 오랫동안… 당신을 기억해 줄게요. 아주 오랫동안."

그녀가 떠난 후 운호는 주저앉은 채 한동안 일어서지 않았다.

서쪽 들판에 사람의 모습이 사라진 것은 오래전이었으나 그는 꼼짝하지 않았다.

내버려 두면 언제까지나 그대로 있을 것 같았다.

그랬기에 청문자의 지시를 받은 운상이 다가가 그의 어깨를 흔들었다.

"운호야, 일단 일어서라. 사형들이 길을 떠나신단다. 배웅 먼저 하는 게 좋을 것 같다."

아픈 마음은 그대로 있으라 했으나 운호는 이를 악물고 자리에서 일어났다.

이제 헤어지면 언제 만날지 기약조차 하지 못하는 이별을 해야 하기에 운호는 운상과 함께 사형들이 있는 곳으로 돌아왔다.

그의 몸은 상처로 인해 엉망이었으나 피는 더 이상 흐르지 않았고 걸음도 안정되어 있었다.

운호를 바라보는 사형들의 얼굴은 모두 굳어 있었다.

산에서 살며 오직 무공에 매진했으나 사람 간의 감정을 모르는 것은 아니다.

그리고 그 감정 중 가장 괴로운 것이 사랑하는 사람과의 이별이란 것도 잘 안다.

보는 사람도 이리 가슴이 아픈데 직접 겪어야 할 사람은 얼마나 가슴이 아플까.

온몸에 피를 묻힌 채 운호가 돌아오자 허리를 깊게 베어 제대로 서 있기도 힘들 만큼 큰 상처를 입은 운곡부터, 맨 뒤에 서 있는 운극까지 모두 나서며 차례대로 손을 내밀었다.

말하지 않아도 된다. 그저 어깨를 쳐주는 것만으로도 자신

의 마음을 전달할 수 있으니 그것이 바로 형제간의 이심전심
이다.

그들의 이별은 그리 길지 않았다.

아쉬운 손길이 만났고, 사내들의 가슴과 가슴이 한동안 부
딪쳤다.

그런 후 건강하라는 말과 함께 정해진 길을 따라 뿔뿔이 헤
어졌다.

청문자는 운곡과 함께 강화로 이동했는데 운곡의 상처가
생각보다 심했기 때문이다.

그는 부상을 당한 운곡이 염려되었던 모양이다.

운곡의 치료가 끝날 때까지 점창과 백 리나 떨어진 강화에
서 기약 없는 시간을 보내야 했다. 그럼에도 망설임 없이 따
라나선 것은 제자를 염려하는 청문자의 마음이 그만큼 크다
는 것을 의미했다.

모두가 떠난 장안평에 남은 것은 오직 운호와 운상, 운여뿐
이었다.

다른 사람들은 정해진 길이 있어 곧장 떠날 수 있었으나 그
들에게는 정해진 길이 없었다.

"우리도 가자."

"어디로?"

"성도(成都)로 가야지. 사천에도 넷이나 명부에 있잖아. 일

단 성도로 가서 그놈들에 대한 정보부터 얻어보자고."

운여의 반문에 운상이 운호의 눈치를 보며 말을 이어나갔다.

성도를 가기 위해서는 당문의 본거지가 있는 간양을 지나야 한다.

간양에는 그녀가 있으니 운상은 경로를 통해 운호의 마음을 슬쩍 떠본 것이다.

그러나 운호는 아무 말 없이 그저 운상의 말을 듣고만 있었다.

성도로 가기 위해서는 고현, 의빈, 자공, 간양을 통과해야 한다.

사천에 있는 도시 중에서도 꽤나 큰 도시들이 경유지에 놓여 있었기 때문에 운호 일행은 편안한 여행을 할 수 있었다.

잘 닦인 관도만 따라가도 목적지에 도달할 수 있으니 이처럼 편한 여행도 없다.

더군다나 운호 일행의 여행은 시간에 대한 제약이 없었다.

시간에 구애받지 않은 것이 목적이었으니 서두를 이유가 전혀 없었다.

운호의 상처는 피륙이 긁힌 것에 불과해 움직이며 치료했어도 이틀이 지나자 금방 아물었다.

그가 입을 연 것은 장안평을 떠난 다음 날부터였다.

"운상, 의빈에서 잠깐 머물자."

"왜?"

"그 거지 기억 나냐? 왜 그런 짓을 했는지 확인해 봐야 될 것 같아. 분명 무슨 꿍꿍이가 있어 보였거든."

"맞아. 그 새끼, 뭔가 숨기는 게 있었다."

운호의 말에 새삼스레 감정이 복받치는지 운상이 펄쩍 뛰었다.

그자 때문에 두 번이나 죽을 뻔했으니 감정이 좋을 리 없었다. 막상 운호가 얘기를 꺼내자 그때의 억울함이 생생히 살아난 모양이다.

매듭의 개수로 봤을 때 그 거지는 개방의 분타주가 분명했는데 왜 칠절문과 점창의 중간에서 이간질을 했을까.

어떤 목적이 없다면 절대 할 수 없는 짓이었다.

현재 위치는 의빈과 불과 삼십 리 남았을 뿐이다.

서두른다면 저녁은 충분히 의빈에서 먹을 수 있었다.

그들은 관도에서 벗어나 신법을 펼치기 시작했다.

의빈(宜賓).

기억하기 싫을 정도로 피에 젖은 도시.

운호의 기억 속에서 의빈은 절대 다시 찾고 싶지 않은 도시로 각인되어 있다.

황룡단과 벌인 송추전투, 그리고 구룡단과 생사를 놓고 벌인 동강벌전투가 모두 이곳에서 벌어진 일이다.

이 년이란 세월이 흘렀으나 그들과 벌인 치열한 싸움은 아직도 생생히 떠오른다.

수많은 상처를 입었고 수많은 자를 쓰러뜨렸으니 운호를 진정한 무인으로 만든 곳은 바로 이곳 의빈이었다.

의빈에 도착하자마자 간단하게 저녁을 먹은 운호 일행은 즉시 객잔을 나서서 곧장 삽교로 향했다.

천하제일의 정보망을 자랑하는 개방은 분타의 개념이 확실하지 않으면 정보의 혼선을 초래할 우려가 있기 때문에 여간해서는 분타의 위치를 바꾸지 않는다고 들었다.

어둑어둑한 어둠 사이로 거지들이 옹이종기 모여 있는 것이 보였다.

음모를 파헤치는 것은 은밀하게 대상을 추적해 관련된 비밀들을 하나씩 알아내는 것이 가장 좋은 방법이다.

그것의 장점은 추적자가 직접 확인하기 때문에 가장 정확한 정보를 입수할 수 있다는 것이다.

두 눈으로 확인하고 두 귀로 듣는 것보다 더 정확한 정보는 없다.

그러나 이 방법에는 치명적인 단점이 있었다. 그것은 바로 막대한 시간과 노력이 필요하다는 것이다.

물론 시간과 노력을 투자하더라도 반드시 필요하다면 그렇게 하겠지만 운호 일행은 그럴 생각이 전혀 없었다.

의심은 갔으나 확신이 없었고, 더욱 중요한 것은 그리할 만큼 그들이 시간적으로 여유롭지 않았기 때문이다.

서로 간에 말은 하지 않았으나 당운영의 혼사는 열흘 앞으로 다가와 있었다. 무슨 일이 있어도 그전까지는 간양으로 갈 생각이다.

그러기 위해서는 당사자를 직접 잡는 것이 최선의 방법이었다.

다리 밑으로 뛰어내리자 여기저기 모여 있던 거지들이 그들을 향해 눈길을 보내왔다.

대충 살펴보니 무공을 전혀 하지 못하는 자들이 반 이상이고 나머지도 삼류를 벗어나지 못한 자들이다.

그런데도 그들은 깃털처럼 부드럽게 내려앉은 운호 일행을 전혀 두려워하지 않았다.

운호가 입을 연 것은 그나마 이류무인으로 보이는 중년거지가 무슨 일이냐는 표정을 지으며 슬금슬금 다가와 일 장 앞에 섰을 때였다.

그는 다른 자들과 달리 귀신처럼 나타난 운호 일행에게 극도의 경계심을 보이고 있었다.

"분타주를 보러 왔소."

"나를 찾는 이유가 뭐요?"

"당신은 내가 찾는 사람이 아니오."

"분타주를 찾으면서 내가 아니라 하면 어찌하오. 이곳을 책임지고 있는 분타주를 찾는다면 확실하게 내가 맞으니 무슨 용무로 왔는지 말해보시오."

"서른 중반. 얼굴은 크고 이마가 넓었소. 왼쪽 뺨에 사마귀가 있었고, 이 년 전 이곳의 분타주였소. 우리는 그 사람을 찾으러 온 거요."

"무골개를 찾으시는 모양이오. 이 년 전엔 그 사람이 이곳 분타주였지. 하지만 지금은 없소."

"어디 간 거요?"

"어딜 간 게 아니라 죽었소. 이 년 전 황수전투가 끝났을 때 칠절문 무인들에게 죽임을 당했다고 하오."

"당신이 보았소?"

"내가 직접 보지는 못했소. 그 당시 무골개와 함께 일하던 부분타주가 자기 손으로 묻었다고 하면서 우는 것은 봤소."

"그렇다면 그자는 어디 있소?"

"왕일은 안휘분타로 떠났소. 왜 그쪽으로 갔는지는 나도 알지 못하오. 상부에서 조치하면 우린 그저 따를 뿐이니 말이오."

운호는 말을 마치고 더 이상 할 말이 없다는 듯 입을 꾹 닫아버린 유골개의 얼굴을 한참 동안 바라본 후 쓰게 웃었다.

얼마나 오랫동안 세면을 안 했는지 얼굴 자체가 시커멓게 번질거리고 있었다.

그런 거지의 얼굴에서 진실 여부를 가리려 하는 자신이 한

심스럽게 여겨졌다.

소득도 없이 객잔으로 돌아온 운호 일행은 짐을 푼 후 편하
게 자리를 잡았다.

점창은 가난한 문파였으니 각방을 쓴다는 건 있을 수 없는
일이다.

장문인께서는 꼭꼭 숨겨놓았던 살림을 풀어 제법 많은 여
행 경비를 나눠줬지만 삼 년 동안 돌아다니기엔 터무니없이
적은 금액이었다.

자칫 잘못하면 강호에서 품을 팔아 경비를 마련해야 될 판
이었다.

"아무래도 냄새가 나지?"

"꼬리를 자른 것 같아."

"이놈들이 도대체 무슨 짓을 하고 있는 걸까. 치밀하게 꼬
리까지 잘랐다면 더더욱 의심되는군."

"운상아, 개방 총단이 귀주에 있다고 했지?"

"맞아."

"귀주에 있는 방파는?"

"삼십팔무맥 중 철혈문하고 천검회가 있다. 특히 천검회는
신주십강에 포함될 정도로 강력한 자들이야."

"무골개 정도의 인물이 혼자 힘으로 움직였을 리 없어. 만
약 음모가 있다면 개방 총단을 뒤져야 뭔가 나올 것 같아."

"나도 그렇게 생각했다."

운호의 의견에 운상이 즉각 반응했다.

꼬리를 잘랐다면 몸통을 건드리는 게 순서다.

그러나 제동을 걸고 나선 것은 운여였다.

"난 도대체 너희가 무슨 짓을 하는지 모르겠다. 얼떨결에 따라다녔지만 이젠 안 돼. 그 거지가 너희한테 정보를 잘못 줘서 위험에 빠졌다고 치자. 백 번 양보해서 그렇다고 쳐. 그래도 그게 개방이 일부러 그랬다는 증거가 될 수는 없어."

"있어. 정황도 충분하고."

"무슨 정황? 그리고 이유는?"

"죽었다고 아까 그놈이 거짓말을 했잖아. 우릴 사지로 몰아넣은 것도 분명하고."

"그 거지가 거짓말한 게 아니면 어쩔 건데?"

"칠절문이 그놈을 죽일 이유가 없다. 그리고 그놈, 말할 때 눈동자가 흔들렸어. 분명 무슨 음모가 있다니까."

"점쟁이 났네. 개방이 어떤 문파냐. 기껏해야 정보나 팔아먹고사는 자들이야. 그런 자들이 무슨 음모를 꾸민다고 그래? 만약 그렇다 해도 개방이 꾸미는 음모가 뭔지 대충 짐작은 하고 접근해야 되잖아. 너무 막무가내란 생각 안 들어?"

"조금 들긴 해."

"말해봐. 운상 너는 개방의 음모가 뭐라고 생각하냐?"

"음, 천하일통?"

"한 대 맞을래? 지금 농담이 나와? 우리는 사문의 명을 받고 탕마행을 하기 위해 나온 거야. 추리 놀음하러 온 게 아니란 말이다. 그자가 여기 있었다면 추궁이라도 해보겠지만 죽었다고 하잖아. 그러니까 이젠 그만하고 본래의 임무에 충실하자. 알았지?"

운여가 주먹을 쥐고 흔들자 결국 논리에서 밀린 운상과 운호가 항복을 하고 뒤로 슬그머니 엉덩이를 뺐다.

운여의 말을 듣고 보니 과하게 생각한 부분도 있는 건 사실이었다.

더군다나 그들의 목적인 탕마행을 들고 나오자 사실 할 말도 없어졌다.

사문의 명예를 드높여야 되는 탕마행을 뒷전에 접어놓고 개방의 음모를 파보겠다고 덤볐으니 운여의 입장에서는 황당하기 그지없는 일임이 분명했다.

운호와 운상은 운여의 도끼눈을 마주 보지 못하고 넓지 않은 방의 천장을 열심히 쳐다볼 수밖에 없었다.

"너희 말이야, 함부로 까불고 돌아다닐 생각 하지 마. 개방 문제가 정 의심스러우면 귀주에 있는 놈들 잡으러 갈 때 조사하면 되잖아. 지금은 사천에 출현한다는 마두를 때려잡는 게 무엇보다 중요하다. 간양에 가는 건 말할 것도 없고."

"실은 나도 너처럼 생각했는데 운호가 자꾸 이상한 소릴 해서 얼떨결에 따라다닌 거야. 운호가 실연을 당하더니 판단력이 조금 떨어진 모양이다. 네가 이해해."

운상이 즉각 배신을 때리고 운여 쪽에 붙었다.

무림은 언제나 강자만이 살아남는다는 걸 운상은 운호에게 확실히 보여주고 있었다.

명부에 적혀 있는 사천의 마두는 모두 넷.

귀영신마 우쟁휘(宇爭輝),

금마혈번 모사충(毛巳沖),

능외쌍마 손칠(孫七), 손평(孫平) 형제가 그들이다.

사천무인들을 이들을 모두 합해 사천사흉이라 불렀다.

무림인은 언제나 피를 손에 묻히고 사는 존재다.

하지만 그렇다고 해서 누구나 마두로 불리는 건 아니었다.

아니, 많은 사람의 목숨을 취해도 어떤 사람은 대협, 혹은 협객으로 불리며 존경을 받는다.

그렇다면 협객과 마두의 차이는 무엇일까?

답은 그리 어렵지 않았다.

이득을 위해 살인을 한 자는 마두라 불리고 명예를 위해 칼을 잡은 자는 협객이라 불리니 무척 간단하게 구분할 수 있었다.

위의 네 명은 바로 자신의 이득을 위해 수많은 인명을 살상해서 마두로 분류된 자들이었다.

수많은 무림인이 그들을 잡기 위해 노력했으나 아직까지

생생하게 살아서 돌아다닐 수 있는 건 오로지 그들의 강력한
무력과 치밀한 두뇌 덕분이었다.

신출귀몰(神出鬼沒).

동에 번쩍, 서에 번쩍이며 움직이는 그들은 설혹 행적이 노
출되더라도 강력한 무력으로 오히려 추격하던 무인들을 도륙
하고 유유히 사라지곤 했다.

특히 이들 넷 중 금마혈번 모사충(毛巳沖)은 강북십마에 포
함될 정도로 무시무시한 무력을 지닌 자였다.

다음 날 아침, 운호 일행은 의빈을 떠나 간양을 향해 출발
했다.

그들은 무작정 움직이지 않았다.

도시가 나타날 때마다 사천사흉에 대한 탐문을 계속하며,
행적이 발견될 때마다 방향을 틀어 직접 눈으로 확인했다.

운여의 닦달로 인해 주변 유람지는 구경조차 하지 못했고
문파들도 방문하지 못한 채 움직였다. 때문에 사천사흉에 대
한 조사마저 하지 않았다면 그들은 아마 이틀 이내에 간양에
도착할 수 있었을 것이다.

하지만 그런 조사 활동을 펼치며 움직였기 때문에 간양에
도착한 것은 당운영의 혼인 삼 일 전이었다.

간양은 당문을 위해 존재하는 도시나 다름없었다.

당문의 내, 외가가 머무는 마을을 한꺼번에 지칭해서 당가타라 부르는데 간양 동쪽에 형성된 당가타는 가구 수가 천 호에 이르렀다.

당문 내가의 주력 무인만 해도 오백에 달했고 외가까지 합치면 그 숫자는 천오백에 육박하니 사천의 남부를 장악하기에 전혀 손색이 없는 세력이었다.

더군다나 점창으로부터 칠절문의 영역까지 모두 넘겨받아 흡수했기 때문에 당문은 요즘 욱일승천의 기세로 영향력을 넓혀가는 중이었다.

따라서 간양은 사람들로 넘쳐나고 있었다. 영향력이 커지면 사람들이 몰리게 되어 있다.

콩고물도 생기고 팥고물도 생기고 가끔 가다 떡도 하늘에서 떨어지기 때문이다.

이런 마당이었으니 당운영의 혼인 소식은 사천을 들썩이게 만들 수밖에 없었다.

당문에서 초청한 무림 명사들 이외에도 수많은 문, 무객들이 일시에 몰려들었다. 그들을 상대하기 위한 상인들마저 몰려 간양은 터지기 일보 직전이 되어버렸다.

뒤늦게 도착한 운호 일행이 객잔을 잡지 못한 것은 어찌 보면 당연한 일이었다.

아직 날은 어두워지지 않았으나 이대로 있다가는 이슬을 맞으며 잠을 자야 될지도 몰랐기에 운상의 입은 한 말이나 나와 있었다.

사천은 운남과 달라 바깥에서 자는 것이 그리 녹록치 않았다.

그러나 사람은 궁지에 몰리면 가끔 가다 지금처럼 하늘에서 동아줄이 내려오는 경우도 있는 모양이다.

사람들 사이를 빠져나와 운호 일행 앞에 척하니 나타난 여인은 의빈에서 당운영과 함께 식사를 하고 있던 황보혜였다.

"어머, 안녕하세요?"

"황보 소저 아니시오?"

"성은 맞았고, 이름도 알고 있나요?"

"제 기억엔 혜 자로 남아 있는데, 솔직히 맞을지는 자신이 없소."

"기억해 줘서 고맙군요, 임호 공자님!"

"소저의 기억력에 감탄을 금치 못하겠소. 하나 그것은 세속에 있을 때의 이름이오. 정식으로 소개하리다. 나는 점창의 운호요. 여기는 내 동문인 운상과 운여입니다."

"이제 보니 점창 분들이셨군요. 만나서 반가워요."

"처음 뵙겠습니다."

운호의 소개에 운상과 운여가 정중히 인사를 하자 황보혜가 마주 허리를 굽혀 예를 갖췄다.

하지만 그녀의 얼굴엔 전혀 놀람이 들어 있지 않았다. 표정이 변하지 않았다는 것은 운호의 정체를 미리 알고 있다는 뜻이 된다.

"그런데 여긴 어쩐 일이신가요?"

"사문의 일로 왔습니다."

"운영이를 보러 온 게 아니고요?"

"……."

"겸사겸사 왔습니다. 운호는… 들으셨는지 모르겠지만 장안평에서 당 소저를 만났습니다."

운호가 말을 하지 못하자 운상이 대신 나섰다.

당운영을 처음 만난 당시의 이야기를 운호에게 여러 번 들었기 때문에 황보혜란 이름이 나오자 금방 그녀가 누구인지 알아챌 수 있었다.

질문하면서 슬쩍 굳어졌던 그녀의 표정이 운상의 말에 슬그머니 풀어졌다.

질책을 할 처지도 안 되고 그런 자격이 있다 해도 질책해서는 안 된다.

그럼에도 잠시 화가 난 것은 친구인 당운영을 가슴 아프게 한 당사자가 눈앞에 있기 때문이다.

사람은 자신도 모르게 감정을 드러내는 경우가 왕왕 있다. 하나 그것은 잠시뿐.

황보혜는 장안평의 이야기가 나오자 한동안 운호의 얼굴을 물끄러미 쳐다보았다.

전신을 피로 물들인 채 하염없이 서 있더라는 운호의 이야기를 당운영에게 들으며 그녀 역시 울어야 했다.

이 사람도 사랑의 피해자일 뿐이다.

"지금 떠나시는 건가요?"

"아니오. 우리는 방금 도착했소."

"그렇다면 숙소는 잡았나요?"

"그게… 사람이 워낙 많아 잡지를 못했소."

"그랬을 거예요. 요즘 들어 간양엔 사람들로 인산인해를 이루고 있거든요. 그럼 어쩌죠?"

"더 찾아보고 정 안 되면 외곽으로 나가 관제묘에서 노숙을 할까 하오."

"그러지 말고 우리 집으로 가요."

"우리는 아무 데서나 자도 괜찮은 사람들이오. 걱정하지 않으셔도 되오."

"장원이 커서 남는 방이 있어요. 그러니 너무 부담 가질 필요는 없어요."

운명이 이끄는 대로 왔으나 어쩌자는 생각을 가진 것은 아니다.

그저 그녀가 가는 마지막 모습을 숨어서라도 보고 싶었을 뿐이다.

그런데 그녀의 친우인 황보혜를 만나게 되었으니 우연인지 필연인지 알 수가 없다.

더군다나 그녀는 자신의 집으로 정중하게 초대하고 있어

운호를 더욱 당황스럽게 만들고 있었다.

쉽게 대답할 사안이 아니었다. 만약, 아주 만약이라도 당운영과 얽히게 된다면 자신은 그녀의 혼인조차 보지 못하고 간양을 떠나야 할지도 몰랐다.

하지만 그의 망설임은 가차 없는 운상의 답변으로 인해 순식간에 소멸되고 말았다.

그는 기다렸다는 듯 허리를 숙여 황보혜에게 고마움을 표시하고 있었다.

황보혜가 살고 있는 월운장(月雲莊)은 간양 시내에서 서쪽으로 불과 오백 장 정도 떨어진 곳에 세워져 있었는데, 그 규모가 어마어마해서 운호 일행을 깜짝 놀라게 만들었다.

중앙의 삼 층 전각을 건물들이 반경 오십 장에 달하는 크기로 빙 둘러 세워져 있었다. 마치 적의 공격을 막아내기 위한 요새처럼 설치되어 있었다.

정문을 지키는 무사들의 눈은 형형하게 빛났고 행동마저 절제와 절도가 몸에 배어 월운장의 품격을 높였다. 그랬기에 운호는 궁금증을 참지 못하고 황보혜를 향해 입을 열었다.

"소저, 장원이 너무 크오. 그냥 집으로는 보이지 않는구려."

"월운장을 모르시는군요. 하기야 산에서만 사셨을 테니 모를 수도 있겠네요. 월운장은……."

황보혜는 객방으로 운호 일행을 안내하면서 월운장의 연혁을 간단하게 설명해 줬다.

하지만 간단하게 설명했다고 월운장의 정체가 간단해지는 건 아니었다.

월운장은 당문의 상권을 도맡아서 운영하는 전진기지였다.

월운장의 장주 황보단천은 당문의 세력권에 있는 전장 및 주루와 기루 등을 관리했고, 천하표국의 배후에서 실질적으로 표국을 운영하는 실력자였다.

당문은 무가이지 상가가 아니었다. 그랬기에 당문은 선대로부터 월운장과 손을 잡고 사천을 운영해 왔다.

당문은 사업 수단에 독보적 경륜을 가진 월운장을 통해 상권을 확대하고 수익을 분배 받아 재정을 늘려 나가는 효율적인 체제를 구축해 놓았던 것이다.

어쩐지 수문무사의 수준이 격에 맞지 않는다고 했다.

이제 보니 그들은 당문에서 파견 나온 무사들인 모양이었다.

객방은 예상한 것처럼 가장 외측에 설치된 건물이었는데 대충 세어도 방의 숫자는 서른 칸이 넘어 보였다.

문제는 그 많은 방이 모두 찼다는 것이다.

객방에 짐을 푼 운호 일행은 편하게 앉아 현재의 상황을 분석하기 시작했다.

단순히 당운영의 친군 줄 알고 따라왔는데 상황은 그리 간단하지 않았다.

방마다 들어찬 선객들은 하나같이 만만치 않은 무인들이었다.

눈썰미가 뛰어난 운여는 나름대로 자신의 생각을 정리해서 이야기했는데 그 논리가 그럴듯했다.

"여기 있는 자들은 아무래도 당 소저의 결혼식에 참석하기 위해 온 사람들 같아. 내원당주 당황은 당문의 실세 중 실세니 하객이 많을 수밖에. 또한 당 소저는 최근 십 년 만에 처음으로 출가하는 것으로 알려져 있지. 당문은 데릴사위를 들이는 것을 원칙으로 하는 가법을 가지고 있는데도 출가를 결행한 것은 상대가 풍검문의 장자이기 때문이다."

"풍검문이 신주십강 중의 하나라서 데릴사위를 포기했다는 뜻이야?"

"그랬을 거다."

"뭐야, 그럼 이 혼인이 당운영 소저의 뜻에 의한 게 아니라 정략결혼일 수도 있다는 거잖아?"

"조용히 해. 여기는 점창이 아니다."

"황당해서 그렇지."

"당문의 객방 수가 아무리 많아도 모든 손님을 받을 수는 없었을 거다. 더군다나 신랑 측 하객을 아무 데나 받을 수 없으니 월운장에 부탁한 것 같다. 아까 오다 보니 본채 쪽에 청색 무복을 입은 자들이 있었다. 그들의 왼쪽 어깨에 달린 오성견장은 풍검문의 독문 표기다."

"그건 또 언제 봤대?"

"하여간 여기에 온 자들은 전부 만만치 않은 자다. 시비가 걸리지 않도록 조심해."

운여가 말을 마치며 주의를 주자 운상이 입맛을 다셨다.

반박하기도 뭣하고 수긍하기도 애매했기 때문이다.

운호의 입이 열린 것은 잠시 침묵이 흐른 후였다.

"운여야, 데릴사위를 포기한다는 의미가 정략결혼을 의미하는 게 맞아?"

"그건 확신하지 못한다. 혼인은 인륜지대사다. 그들 사이에 어떤 일이 벌어졌는지 알지 못하기 때문에 함부로 말할 수는 없다."

"친구로서 묻자. 당 소저의 뜻에 의한 게 아니라 정략결혼일 가능성은 얼마나 되냐?"

"정말 어려운 질문을 하는구나."

"말해줘. 부탁한다."

"…오 할은 될 것 같다. 풍검문은 안휘에 있는 문파다. 사천에서 안휘는 직선으로 따져도 칠천 리. 더군다나 풍검문주의 장자인 석천은 무공에 미쳐 안휘를 떠난 적이 없다고 알려져 있는 자다. 그러니 그자가 당 소저의 마음을 얻기는 어려

윘을 것이다."

"고맙다. 말해줘서."

"내가 너에게 이 말을 괜히 했는지 모르겠다."

운호의 반응에 운여의 얼굴이 어두워졌다.

막상 말해놓고 나니 운호가 무슨 생각을 할지 걱정되기 시작했다.

여기서 자칫 판을 벌리게 되면 정말 걷잡을 수 없는 문제가 생길지도 모른다.

당문은 물론이고 십주십강에 포함되는 풍검문까지 관여되어 있다. 만약 운호가 자신의 말을 듣고 잘못된 판단을 한다면 어디까지 그 여파가 미칠지 알 수 없었다.

그럼에도 운여는 팔짱을 낀 채 뭔가를 생각하는 운호의 어깨를 두들겼다.

어디까지 갈지 알 수 없으나 그는 언제나 운호 편이었다.

『풍운사일』 4권에 계속…

이 시대를 선도하는 이북 사이트

이젠북

www.ezenbook.co.kr

더욱 막강해진 라인업!
최강의 작가들이 보이는 최고의 재미.

이들의 "유료연재"가 시작됩니다!

김재한 『성운을 먹는 자』
홍정훈 『월야환담 광월야』
이지환 『어린황후』
좌백 『천마군림 2부』
김정률 『아나크레온』

태제 『태왕기 현왕전』
전진검 『퍼팩트 로드』
방태산 『완벽한 인생』
왕후장상 『전혁』
설경구 『게임볼』

검색창에 **이젠북** 을 쳐보세요! ▼ Q

원생 新무협 판타지 소설

FANTASTIC ORIENTAL HEROES

천예무황

天藝武皇

진짜배기 무협의 향기가 온다!

『천예무황』

산중에서 평화로이 살던 의원 설운.
평범하게만 보이는 그에게는 씻을 수 없는
과거가 있었으니……

칠 년의 세월을 지나
피할 수 없는 과거의 업(業)이 다시 찾아온다.

'잊지 마오.
세상 모든 사람이 다 그대를 잊은 그때에도
나는 그대를 기억하고 있음을.'

정(正)과 마(魔)의 갈림길.
무림을 덮은 혈풍 속에서 선(善)의 길을 걷다!

Book Publishing CHUNGEORAM

유행이 아닌 자유추구 -
www.chungeoram.com

말년병장, 이등병되다!

에바트리체 장편 소설

FUSION FANTASTIC STORY

대한민국 남자라면 알고 있을 바로 그 이야기!

『말년병장, 이등병 되다!』

전역을 코앞에 둔 말년병장, 이도훈.
꼬장의 신이라 불리던 그가 갑자기 훈련병이 되었다?!

"…이런 X같은 곳이 다 있나!"

**전우애 넘치는 군인들의
좌충우돌 리얼 군대 이야기!**

Book Publishing CHUNGEORAM

유행이 아닌 자유추구 -
WWW.chungeoram.com

LORD

FANTASY FRONTIER SPIRIT

RAY SHADE

영주 레이샤드

한승현 판타지 장편소설

저주받은 영지 아베론의 영주 레이샤드,
열다섯 번째 생일날,
정체불명의 열쇠가 그의 운명을 바꾸었다!

『영주 레이샤드』

시험의 궁을 여는 자, 원하는 것을 얻으리니!
시련을 극복하고 새로운 땅의 주인이 되어라!

레이샤드의 일대기가 시작된다!

Book Publishing CHUNGEORAM

유행이 아닌 자유추구 -
WWW.chungeoram.com

FANATICISM HUNTER

광신사냥꾼

류승현 판타지 장편 소설

FANTASY FRONTIER SPIRIT

「블레이드 마스터」의 류승현 작가가 펼쳐내는
판타지의 새로운 신화!

마도대전을 승리로 이끈 유리언 대륙의 영웅,
최강의 아크 메이지 제온!

그러나 '세상의 섭리'에 아내와 아이를 빼앗기는데……

『광신사냥꾼』

만약 그것이 정말로 세상의 섭리라면,
그마저도 무너뜨리고 말리라!

복수를 위한 제온의 위대한 여정이 시작된다!

Book Publishing CHUNGEORAM

유행이 아닌 자유추구 -
WWW.chungeoram.com